鎌倉・流鏑馬《やぶさめ》神事《しんじ》の殺人

JN230313

西村京太郎

角川文庫
21617

目次

第一章　陰陽の世界

1

その事件は、ゴールデンウィークの直前、四月二十七日の夜に起きた。京都の鴨川《かもがわ》べりにある和風旅館Kの離れの一室で、殺人事件が発生したのだ。

殺されたのは、二十六日から泊まっていた中年の女性である。

その女性の名前は坂井《さかい》京子《きょうこ》。宿泊者名簿によれば、四十二歳で、住所は東京の世田《せた》谷《がや》区等々力《とどろき》になっている。

四月二十六日の午後三時頃チェックインして、翌二十七日の夜、仲居に酒と肴《さかな》を持ってこさせ、

「晩酌をすると、よく寝られるの」

と、笑顔でいった。

ところが、翌二十八日の朝、仲居が朝食を運んでいくと、布団の上で仰《あお》向《む》けで殺されていたのである。仲居が驚いて女将《おかみ》に知らせ、女将が一一〇番した。

京都府警捜査一課の中川警部たちが駆けつけた。

この旅館は、七つの部屋しかない小さなものだが、全室離れで、そのことが泊まり客を喜ばせていた。

中川警部は案内されて、離れの一つ、桔梗《ききょう》の間に入っていった。

布団の上に寝巻き姿で被害者は仰向けに倒れていた。胸を刺されたと見えて、寝巻きも布団も血で彩られていた。

中川の視線も当然、その布団に向けられたのだが、次の瞬間には部屋のふすまに釘《くぎ》付《づ》けになった。

なぜなら、そのふすまに、墨で大きく「陰陽」と書かれていたからである。

この旅館は、和風旅館らしく、各部屋に硯箱《すずりばこ》と筆が置いてあるのだが、その墨と筆を使って書き付けたらしい。

部下の吉田《よしだ》刑事も、その文字を見て、

「何でしょうね、これは？」

と、いった。

「陰陽《おんみょう》だよ、今流行《はや》りの」

と、中川がいった。

「それはわかりますが、今は二十一世紀ですよ。陰陽は平安《へいあん》時代の話でしょう」

と、吉田がいった。

確かに、ドラマでは陰陽も陰陽師も有名だが、今はそんな時代ではない。

仲居の話によると、昨夜、酒と肴を持って行った時には、ふすまには何の文字も書いてなかったというから、その後で誰かが書いたことは、はっきりしている。

大きな文字で、女性が書いたとは思いにくいので、ひょっとすると犯人が書き残したのかも知れない。

鑑識が部屋の中を調べている間、中川は被害者について、女将と仲居に聞いてみた。

女将の話によると、被害者は、去年も同じ時期に泊まりに来たという。

「去年も四月二十六日にお見えになりまして、五月十五日の葵祭《あおいまつ》りまでいらっしゃいました」

と、女将がいった。

「五月十五日までというと、ずいぶん長い逗留《とうりゅう》ですね」

と、中川はいった。

「どんなお客さんなんですか？」

「東京の資産家の奥さんらしいということは聞いていました。その他のことはあまりよく知らないんですよ」

と、女将はいった。

部屋のクローゼットに入っていた和服も、一目で高いものとわかったし、スーツケースの中を調べると、ブランドものの洋服や草履や靴などが入っていた。たぶん、京都旅行を、衣服を替えながら楽しむつもりだったのだろう。

その他に、ハンドバッグの中には三百万円近くの現金が入っていた。確かに、女将のいうとおり、資産家の奥さんかも知れない。

仲居の話によると、被害者は二十六日の午後三時頃に着くと、夕食前にタクシーを呼んで外出していた。次の二十七日も午後にタクシーを呼んで、やはり外出したという。

どこのタクシーを呼んだのか、中川が女将に確認すると、Sタクシーだという。Sタクシーは、京都では大手のタクシー会社である。

電話して調べてみると、二十六日も二十七日も同じ運転手が迎えに来たという。その運転手に旅館に来てもらった。

五十代のいかにも律儀そうな運転手だった。

名前は井上《いのうえ》という。中川の質問に対して、井上は、

「確かに、二日ともお迎えにあがりました」

と、いった。

「それで、どこへ案内したのかね？」

と、中川はきいた。

「二十六日は、御所や金閣寺《きんかくじ》、清水寺《きよみずでら》といった名所旧跡へご案内しました。昨日の二十七日は下鴨《しもがも》神社へ行きました」

と、井上はいった。

「そこで誰かに会うということはなかったかね？」

「それはわかりません。たとえば、御所に行った時も、御所の前に車を停めると、ここで待っていてくれといわれましたので、待っておりました。だから、御所に入ってから誰かに会ったかどうかはわからないんです」

と、井上運転手は律儀にいった。

昨日の場合も同じだったらしい。

2

検死にあたっていた検死官の鈴木が中川にいった。

「死亡時刻は、昨夜の十一時から十二時頃までの間だと思うね。刺されて殺されたんだが、その傷口にちょっと特徴がある」

「どんな特徴ですか？」

と、中川がきいた。

「鋭利な刃物じゃないね。傷口がギザギザだ。何か先の尖《とが》っていないもので無理矢理突き刺して、抜き取ったんだと思うね」

「たとえば、どんなものですか？」

と、中川はきいた。

「それがよくわからないんだ」

と、検死官はいった。

死体は司法解剖のために、大学病院に運ばれていった。中川はその後で、宿泊者名簿にあった被害者の東京の自宅に電話をかけてみた。しかし、誰も出てこない。

被害者の四十二歳という年齢から考えて、家族がいると思われるのだが、誰も出ないというのはどういうことなのだろうか？　その点を調べてもらおうと、中川は東京の警視庁に捜査依頼をした。

仲居の話では、酒と肴《さかな》を運んだのは午後九時半頃だという。ということは、その後、被害者は寝巻きに着替えて、酒を飲んでから布団に入ったのだろう。

その後、犯人がやって来て胸を何かで刺し貫いて殺したのだ。抵抗の跡がほとんどなかったから、寝静まったところを襲ったのか、それとも犯人と被害者が顔見知りなのか、どちらかだろう。

ハンドバッグに入っていた三百万円の現金は奪われていないから、犯人の動機は、やはり怨恨《えんこん》なのだろうか？

とすると、どうしても、ふすまに書かれた「陰陽」の文字が気になる。

陰陽というと、陰陽師の安倍晴明《あべのせいめい》が思い浮かぶのだが、彼が生きたのは平安時代。彼は陰陽師として活躍し、今も堀川《ほりかわ》の晴明神社に祀《まつ》られている。

しかし、二十一世紀の現代、ドラマの中では陰陽は生きているが、現実に陰陽というものが生きているとは、中川には思えないのだ。

だが、犯人があの文字を書いたとすれば、何か深くて強い意味を込めて書いたのだろう。その犯人の気持ちを表わすような、大きな強い文字である。

部屋にあった硯箱《すずりばこ》と筆を調べてみた。

明らかに、誰かが硯に水を入れて墨をすり、太筆を使った形跡があった。

その犯人の様子を中川は想像してみた。

犯人は、寝ている被害者を何かで刺し貫いて殺した。その後、犯人は、部屋の隅にある机の上の硯箱を開け、硯に水を入れて墨をすって、それから太筆を使って、ふすまに「陰陽」と書いたのである。

死体のそばでそんなことをする犯人の姿は、やはり異様である。よほど、その文字を書きたかったのだろう。

被害者、坂井京子の所持品としては、寝る時に外したと思われるダイヤの指輪や金のブレスレット、ダイヤの付いたネックレスなどがハンドバッグに入っていた。

その他、ハンドバッグの中には、小切手帳が入っていた。しかし、小切手には金額が記入されていなかったから、何か商取引に使うつもりで持ってきたのか？

また、スーツケースの中には、ビデオカメラが一台入っていたが、これはたぶん、葵祭りを見に行った時に撮るつもりだったのだろう。

中川が妙だなと思ったのは、双眼鏡とストップウォッチが入っていたことだった。双眼鏡はわかるとしても、ストップウォッチは、いったい何のために持っていたのだろうか？

その他には、京都の観光案内が一冊。これも別におかしくはない。その観光案内に中川は、じっくりと目を通してみた。

被害者が二十六日と二十七日にタクシーで回ったと思われる御所や清水寺、金閣寺、それに下鴨神社などは、地図の上に赤いサインペンでマークがしてあったから、もともと行くつもりだったのだろう。

その他に、中川が興味を持ったのは、墨染《すみぞめ》の近くの藤森神社《ふじのもり》に赤い印が付いていることだった。

藤森神社は、神功《じんぐう》皇后が新羅《しらぎ》から凱旋《がいせん》した後、そこに旗と武器を奉納したことで有名な勇武の神社だが、観光客にはそれほど有名ではない。

普通、観光客が京都の名所として行くところは、三十三間堂《さんじゅうさんげんどう》でも貴船《きぶね》神社でも鞍馬《くらま》寺《でら》でも、いくらでもあるのに、そこには赤いマークが付いていなくて、いわば郊外の神社である藤森神社に、被害者は、なぜ赤いマークを付けていたのだろうか？

ただ、藤森神社の祭礼は、五月五日である。だから、五月十五日の葵祭りまで滞在すれば、五日の藤森神社の祭礼には行けることになる。そのつもりだったのだろうか？

吉田刑事は、

「この被害者は競馬でもやっていたんじゃありませんか？」

と、いった。

「競馬？」

と、中川はきく。

「そうですよ。藤森神社というのは、馬券の神様ともいわれていて、勝負事に熱心な客がよく来るところらしいですから」

と、吉田はいった。

「競馬か」

と、中川は考え込んだ。

競馬ならストップウォッチと関係があることになる。たまに馬場で、走る馬を見て、百メートル何秒とか計っている客がいるのをテレビで見たことがあった。

もし、被害者が熱心な競馬ファンであるなら、自分で馬場に行って、ひいきのサラブレッドのスピードをストップウォッチで計っているのかも知れない。

しかし、被害者は競馬をやりに京都に来たのだろうか？

京都にも競馬場はあり、確かに春の天皇賞は藤森神社の祭礼の直前に行われる。他に五月といえば、すぐ考えつくのは日本ダービーだが、レースは府中《ふちゅう》競馬場でやることになっている。

「わからないな」

と、中川はつぶやいた。

3

その日の夜になって、捜査本部の置かれた三条署《さんじょう》には警視庁からのファックスが届くとともに、司法解剖の結果も報告されてきた。

警視庁から送られた第一回目のファックスには、被害者、坂井京子について簡単に書かれていた。

ご照会の坂井京子について、今までに判明したことをご報告いたします。

坂井京子は、現在、世田谷区等々力の豪邸に一人で住んでおり、三十歳の女性秘書が通いで来ております。

その他、食事を専門に作る五十代の女性も通いで来ており、坂井京子自身は、銀《ぎん》座《ざ》に小さなシャレたクラブを持っております。

クラブの名前は「京子」です。

彼女の夫は、二年前に亡くなりましたが、それまで中小企業関係のコンサルタントをしており、亡くなった時、京子にかなりの遺産を残したものと思われます。

彼女はその遺産を元に、銀座でクラブを始めたのですが、彼女にはいろいろな噂があって、その一つが無類の賭《か》け事好きだということです。

仲間とよくラスベガスや韓国のカジノへ行ったりして、大金を賭けてくるという話を聞きました。儲《もう》かっているかどうかはわかりませんが。

クラブが潰《つぶ》れていないところを見ると、適当に儲かっているのではないでしょうか？

彼女は生活も派手で、不特定のボーイフレンドが何人かいると聞いています。

旅行も好きで、京都へ行ったり、沖縄、あるいは北海道へもしばしば足を運んでいるようです。

そのたびに、店は妹分の女性に任せて行くそうですが、その妹分の女性の話によると、坂井京子のモットーは「金というものは、使えば使うほど、また入ってくる」というものだそうです。

また、彼女は、祭り好きでもあって、京都の葵祭りに行ったのもその性格のためだと思われます。

また、そちらから指摘のありました陰陽の件ですが、彼女が特別に平安時代や安倍晴明に関心があったと思われる話は、誰も聞いておりません。

また、彼女に対して、殺したいほどの恨みを持っている人間は、今のところ、見つかっていません。

以上、今までにわかったことをご報告いたします。


それで、警視庁からのファックスは終わっていた。

司法解剖の結果によると、死亡推定時刻は、検死官のいっていたように二十七日の午後十一時から十二時までの間。使われた凶器は、ナイフではなく、切先が二つに分かれたような、ギザギザしたもので、それを力任せに突き刺して殺したものと思われると、司法解剖の報告書には書かれていた。

捜査本部長の小野寺《おのでら》は、

「問題は犯人の動機だな」

と、いった。

「とすると、ふすまに書かれていた陰陽という文字だな」

といって、本部長はその写真のコピーに目をやった。

事件を担当する中川は、手を上げて、

「その陰陽ですが、今考えられるのは、平安時代の陰陽のことしかありません」

「安倍晴明の世界か？」

と、本部長がいう。

「そうなんですが、どうも被害者と陰陽が結びつきません。警視庁からの報告にも、安倍晴明とか、平安時代の陰陽に被害者が関心を持っていたとは思えないとありましたから」

「それでも、やはり安倍晴明か？」

と、本部長がいった。

本部長は続けて、

「被害者の持っていた観光地図に、堀川通りの晴明神社は、マークが付いていたのか？」

と、きいた。

「それが、付いていませんでした」

と、中川は答えた。

平安時代、陰陽寮という役所があって、そこにいる官僚たちが政治についてもいろいろと発言していた。中でも、安倍晴明は屈指の超能力者として、予知などを行っていたといわれる。

もちろん、時の政治を動かす力があり、朝廷にも重く用いられていたことは有名である。その安倍晴明を祀《まつ》ったのが、堀川通りにある晴明神社で、最近は参拝者も多いと聞いている。

その陰陽だろうか？

それなら、当然、被害者も晴明神社に行くはずである。しかし、観光地図にマークがされていない。

「次は、彼女が泊まっていた和風旅館のＫだが、夜中に誰でも簡単に中に入って行けるのかね？」

と、本部長がきいた。

「和風旅館で全室離れですから、犯人が入ろうと思えば、夜中でも入れないことはありません」

「しかし、どの部屋に被害者が泊まっていたのかを、犯人は知っていたことになるのじゃないのかね？」

「そのとおりです。全室、客が泊まっていましたから、どこの部屋に被害者が泊まっているのかがわからなければ、犯人は迷ってしまいます。ですから、知っていたことは間違いありません」

「とすると、ますます顔なじみということになってくるね」

と、本部長がいった。

「おそらく、被害者は犯人と電話連絡でもして、四月二十六日にあの旅館に入ったことを知らせていたんだと思います」

「だが、寝ているところを襲われたんだろう？　だとすると、二十七日の夜に犯人が訪ねて来るとは思っていなかったんじゃないのかね？　もし、来るのがわかっていれば、寝巻き姿になっていたり、布団を敷いて寝ていたりするのはおかしいからなあ」

「そうです。もし、来るのがわかっていれば、起きていたと思います」

と、中川がいった。

鑑識の調べによれば、問題の桔梗の間の入り口やふすまに字を書いたと思える筆の軸などからは、犯人のものらしい指紋は検出されなかった。

とすれば、犯人は拭《ふ》き消したか、手袋をして犯行に及んだと思える。

旅館のある鴨川べりは、静かな場所で、夜ともなればほとんど人通りがないので、目撃者を探すのは難しいと思われたが、それでも、中川は刑事を動員して周辺の聞き込みを行った。

しかし、二日経ってもこれといった目撃者は見つからなかった。

その日、被害者、坂井京子の秘書だという若い女性が、捜査本部を訪ねて来た。三十歳で、名前は木下《きのした》あかねという。

被害者とは、三年の付き合いだといった。

中川は、彼女から話を聞いた。

「今度の旅行には、どうして秘書のあなたが同行しなかったのですか？」

「仕事の場合はいつも一緒ですが、今回は社長のプライベートの旅行ですから、来ないでくれといわれたんです」

と、あかねは、いった。

「そういうことは、たびたびあるんですか？」

と、中川はきいた。

「ええ、ありますよ。社長は一人で行くのが好きなほうなんです。社長はよく旅行に行きましたが、その場合もたいてい私は一緒に行きませんでした」

と、あかねは、いった。

「今回、坂井京子さんのハンドバッグの中には、三百万円の現金が入っていましたが、そのことについては知っていましたか？」

と、中川は、いった。

「知っていました。行く直前に三百万円下ろしてきてくれと頼まれましたから。M銀行から現金を出してきて、社長に渡したのを覚えています」

と、あかねは、いった。

「それは何に使うためだったんでしょうかね？」

「社長は出かける時、いつでもそのくらいのお金は持って行きます。もっと多い時もあります。それに、小切手帳を持っていますから」

と、あかねは、いった。

「そういえば、坂井さんは賭《か》け事が好きだったようですね」

と、中川がきいた。

「そういうことは、あまりしゃべりたくありませんが、社長は〝人生は賭けだ〟というのがモットーで、すべてを賭けにしてしまうんです」

「すべてを賭けにしてしまうって、どういうことですか？」

と、中川はきいた。

「これは子供じみているかも知れませんが、社長と一緒に仕事に行くと、列車に乗り遅れたりすることがあるんですよ。その時、次の列車に飛び乗って、座席が空いていたとすると、〝その座席の番号が奇数か偶数か、賭けましょうよ〟といわれたりすることがあるんです」

と、あかねは笑った。

中川は、写真に撮ってきた陰陽の字をあかねに見せて、

「この字は、社長が書いたものですか?」

「いいえ。社長は、もっと女性らしい字を書きます。何でも、有名な書道の先生に習ったといっていましたから、そんなに乱暴な字ではありません」

と、あかねは、いった。

やはり、犯人が書き残したメッセージらしい。

「陰陽というと、今流行《はや》りの安倍晴明なんかですが、社長は平安時代の陰陽について、興味があったんでしょうかね?」

と、中川はきいてみた。

あかねは、首をかしげてしまって、

「私の知る限りでは、社長はそんな古いことには興味がなかったみたいです。ただ、お祭り好きで、京都の葵祭りや祇園《ぎおん》祭りには出かけていましたけど、それは、ああいう華やかな世界が好きだからで、平安時代に興味があったとは思えませんけど」

「坂井さんは、ラスベガスなんかにも行っていたと、お聞きしたんですが？」

　というと、あかねは、また笑って、

「時々、行きましたよ。大金を賭けるのは、若返りになるといっていました」

「その時、どんな人と一緒に行ったんでしょうかね、わかりませんか？」

　と、中川がきいた。

「よく四人くらいで出かけていましたが、その人たちの名前を私は知らないんです。さっきもいったように、プライベートなことは、私には教えてくれませんでしたから」

「四人で行ったんですか？」

「ええ」

「同行した三人が何とかわかりませんかねえ」

　と、中川は、いった。その中に、坂井京子を殺した犯人がいるかも知れないと思ったからである。

　あかねは、東京に帰ったら調べてみると約束して帰って行った。

　あかねが帰京した後、坂井京子の親戚《しんせき》の者だという男が、遺体を引き取りにやって来た。名前は藤本明《ふじもとあきら》といって、三十五、六歳の男だった。

「どういう関係か詳しく話してくれませんかね？」

と、中川が、いった。

藤本は、一級建築士の名刺を差し出してから、

「亡くなった坂井京子は、ボクのおばにあたります。彼女の姉がボクの母親ですが、すでに二年前に亡くなっています」

と、いった。

「坂井さんが京都に来ていることをご存じでしたか？」

と、中川は、藤本に聞いた。

藤本は背の高い男で、ラフな格好をしていたが、それがよく似合っていた。

「実は、ボクもこの旅行に誘われていたんですよ」

と、藤本は、いった。

「どうして、同行しなかったんですか？」

「ちょっと仕事が忙しかったものですから。こんなことになるなら、一緒に行っていればよかったと思います」

と、藤本は、いった。

「失礼ですが、あなたは二十七日の夜、どこにいましたか？」

と、中川がきいた。

藤本は、ちょっと気色《けしき》ばんで、

「ボクが疑われているわけですか？」

「関係者は、一応全員うかがいます」

と、中川は、いった。

藤本は笑って、

「ずいぶん、あけすけにいう刑事さんですね。ボクは二十七日の夜は、東京で友人と飲んでいましたよ。その友人の名前と電話番号を書きましょう」

といって、彼は名刺の裏に、友人の名前と電話番号を書いた。

「確認してもいいですか？」

と、中川はきいた。

「どうぞ、どうぞ」

と、藤本は笑う。

中川は廊下に出て、携帯で広田《ひろた》信男《のぶお》という男に電話をかけてみた。

「広田設計事務所です」

という若い男の声が聞こえた。設計事務所というと、どうやら藤本の仕事仲間であるらしい。

中川は、京都府警の警部であることを明かしてから、二十七日の夜の藤本の行動についてきいてみた。

広田は、

「確かに、二十七日の夜は、夕食の後、二人で十二時くらいまで飲み歩きましたよ」

と、いった。

「どこで飲んだんですか？」

と、中川はきいた。

「銀座で食べて、銀座のクラブで飲んで、タクシーに乗って帰りました」

「藤本さんとは、よく一緒に飲むんですか？」

「アイツとは大学の同窓でね、同じ建築関係の仕事をしているので、打ち合わせをかねて食事をしたり、飲んだりしているんですよ。実は今回、同じ区民会館の仕事を頼まれましてね、だから、ヤツとは飲む機会が多くなっているんです」

と、広田は、いった。

食事をした店と、飲んだ銀座のクラブの名前をきいて、中川は手帳に書き留めた。話の様子から見て、たぶん、この説明にウソはないだろう。

中川は部屋に戻ると、待っていた藤本に、

「あなたの話は本当らしい。今、確認しました」

「そうでしょう。ウソはついていませんよ」

と、藤本は、いった。

「坂井さんは、賭け事が好きだったみたいですね。秘書の木下あかねさんがそういってました」

と、中川は、いった。

藤本は苦笑して、

「おばの唯一の欠点です」

「しかし、それで大損して、どうかなったっていうことはないんでしょう?」

「それが不思議なんですよ。おばは今でも、資産家です」

と、藤本は、いった。

「坂井さんは、仲間と一緒にラスベガスへ時々行っているそうですが、その仲間の名前をご存じありませんか?」

と、中川はきいてみた。

藤本は考えていたが、

「名前は知りませんが、一度、成田《なりた》空港で出かけるおばを見送ったことがありました。その時、確か四人でしたね。中年の男が三人に、おばが加わった四人でした。あれは確か、去年の四月に、おばがラスベガスに行った時でしたよ」

と、藤本はいった。

「坂井さんは、ラスベガスの話をあなたにはあまりしなかったんですか?」

と、中川は、いった。

「儲《もう》かった話は聞きましたが、詳しい話は聞いていません。正直にいうと、私はギャンブルにはあまり興味がありませんので」

と、藤本は、いった。

中川は、藤本にも陰陽の字を見せた。

「実は、坂井さんの殺されていた部屋のふすまに、この文字が書いてあったんですよ。たぶん、犯人が書き残したと思うんですが、何か心当たりはありませんか？」

と、中川はきいてみた。

「陰陽ですか？」

と、藤本は首をかしげて、

「ずいぶん、古めかしいメッセージですね。陰陽というと、例の平安時代の安倍晴明の話でしょう？」

「たぶん、そうです」

「京都だから、犯人は書いたんですかねえ。京都なら、いまだに街中に昔の怨霊《おんりょう》が生きているっていう話を聞いたことがありますけどねえ」

と、藤本は笑っていった。

確かに、京都の町には、今でもさまざまな怨念が漂っているという話をする人がいる。安倍晴明を祀《まつ》った晴明神社もあるし、妖怪《ようかい》が出たという一条戻橋《いちじょうもどりばし》や四条通《しじょうどお》り、四条大橋もある。

さらに、平安時代そのままの祭りも行われていて、いかにも古都らしい風情《ふぜい》がある。

しかし、それが殺人事件に発展するとは、どういうことなのだろうか？

4

藤本を送り出してから、中川は、吉田刑事に車を用意してくれといった。

「どこへ行くんですか？」

と、吉田がきく。

「墨染の藤森神社だよ」

と、中川は、いった。

殺された坂井京子は、観光地図に、なぜか、京都から見れば郊外の藤森神社に赤いマークを付けていた。どうしても、それが気になったからである。

中川は、パトカーで三条警察署を出発して、藤森神社に向かった。

今は京都市内になっているが、昔は平安京の外にあって、都からは遠い場所にあったところである。

京都から奈良に向かって、近鉄《きんてつ》線とＪＲが出ていて、それに並行して奈良街道が走っている。その道を中川たちの車は南に向かった。

途中、伏見《ふしみ》稲荷《いなり》を越え、深草《ふかくさ》を過ぎる。

深草は、深草少将で有名な場所で、そこから少将は、都まで通ったという場所である。昔なら遠い距離だったのだろう。

さらに南下すると、やがて藤森神社に着いた。このあたりは、墨染の地名で有名である。

藤森神社は、普通の京都観光コースには入っていない。だから、坂井京子が、なぜここを観光地の一つに選んだのか、不思議だった。

この神社に祀られている祭神は、神功《じんぐう》皇后、応神《おうじん》天皇、スサノオノミコト、ヤマトタケルノミコト、武内宿禰《たけうちのすくね》、天武《てんむ》天皇など、武運の誉《ほま》れ高い人々である。

そのため、勝負事の神様といわれ、特に、駆け馬のお守りを神社が出しているため、馬券を持ってお参りに来る人々も少なくないという。

したがって、坂井京子がこの神社を選んだのは、彼女自身が賭《か》け事が好きで、競馬が好きで、それで参拝しようとしたのかも知れない。

五月五日は、藤森神社の祭礼である。そのため、十五日の葵祭りまでの間に、彼女は一度、藤森神社に行ってみようと思っていたのかも知れない。

社務所に行って、五月五日の祭礼についてきくと、その中で、勇ましい駆け馬神事が行われると、社務所の人がいった。

流鏑馬《やぶさめ》である。馬を走らせ、三枚の的を射て、それによって吉凶を占うという。

坂井京子は、それを見たかったのだろうか？　それを見て、今年の競馬のことを占おうとしたのかも知れない。

藤森神社は、馬の他に、五月の菖蒲《しょうぶ》と六月の紫陽花《あじさい》が有名だが、坂井京子がその二つの花に興味があって、観光地図にマークを付けたとは思えなかった。

中川は、藤森神社に行ってみたものの、これといった収穫もなく、捜査本部に引き返した。

翌日、警視庁から坂井京子に関する二回目のファックスが届いた。

坂井京子についての二回目のご報告をお送りいたします。

坂井京子のバクチ好きについては、前に報告いたしましたが、その点について詳しく調べました。

彼女は年一回、もしくは二回ラスベガスに遊びに行っておりますが、その際、必ず同行する三人の仲間がいます。その三人についてわかりましたことをお知らせいたします。

三人とも中年の男性で、一人目は笠原卓《かさはらたく》、四十六歳、二人目は石川一也《いしかわかずなり》、五十歳、三人目は南条直道《なんじようなおみち》、四十歳です。

三人に共通するのは、金はありますが、何となく怪しい感じのする生活を送っているという点であります。

笠原卓についていえば、風俗営業で十億とも二十億ともいう資産をものにしたといわれていますが、本当のことはわかりません。今も新宿歌舞伎町《しんじゆくかぶきちよう》に何軒かの風俗店を持っています。暴力団とも関係があるといわれていますが、これもはっきりしません。

二番目の石川一也は、亡くなった父親が大企業の副社長をしていて、その遺産を一人で受け継ぎました。石川自身は経営コンサルタントをしていますが、その遺産を食い潰《つぶ》している感じがしないではありません。

三人目の南条直道は、現在流行《はや》りのリサイクルショップをやっておりますが、仕事のほうは妻の美知子にまかせっきりで、自分はラスベガスに行ったり、競馬を楽しんだりしています。

三人は、いわば道楽者であり、この三人と坂井京子は、その点が似通っていて、気が合い、何かというと、行動をともにしているようです。

今書きましたように、南条は妻がありますが、笠原は独身で、石川は二度結婚していますが、その都度、妻と問題を起こし離婚しています。

この三人に坂井京子を加えた四人について、よく知っている人間に聞いたところでは、四人ともわがまま一杯に生きていて、金の力で何でもできると思っているフシがあり、彼らには近づきたくないと思っている人がたくさんいます。

この四人の中で、坂井京子は女王的にふるまっていたのではないかと思われます。三人の男たちは、いわゆるワルですが、なぜか坂井京子には頭が上がらなかったようであります。

四人のうち、笠原には詐欺の、石川には傷害の前科がありますが、南条と坂井京子には前科はありません。

この男たち三人は、坂井京子がママをやっている銀座のクラブに集まっているそうで、三人にママの坂井京子が加わると、何か悪巧みをしているのではないかと、ホステスたちは不安になったといいます。

それでも、そのクラブでホステスたちが辞めないのは、坂井京子には太っ腹なところがあって、給料がよかったからだといわれています。

また、この三人の男たちの四月二十七日の夜のアリバイですが、一応、アリバイは成立しています。

三人のうち、笠原と石川は、坂井京子が京都に行っていることを知っており、気が向けば五月になったら京都に行って合流するつもりだったといっております。

南条直道は、四月二十五日に交通事故を起こして、現在入院中で、京都に行かれず残念だといっていたそうです。

以上、ご報告いたします。


笠原、石川、南条の三人の男の顔写真も送られてきた。捜査本部では、その三人の写真を壁に貼り付けた。

「中年のワルですか？」

と、吉田が写真を見ていった。

「殺された坂井京子も四十代だから、四人とも中年の遊び人だったんだ」

と、中川が、いった。

「うらやましいですね。金があって、時間があって、ラスベガスに行ってバクチをして。一度そんな生活をしてみたいもんですよ」

と、吉田が、いった。

「しかし、その果てに殺されてしまってはどうしようもないなあ」

と、中川は、いった。

ゴールデンウィークに入ると、京都の町はいつも以上に観光客であふれた。しかし、事件のほうは、依然として容疑者が浮かんでこなかった。

そのことについて、中川はこう考えた。

殺された坂井京子が観光客だったように、犯人も京都の人間ではなく、観光客の一人だったのではなかったろうか？　とすれば、すでに犯人は、京都を離れてしまっているに違いなかった。

下鴨神社では、五月三日に流鏑馬《やぶさめ》の神事が行われ、そして十五日には、葵祭りが行われた。

この葵祭りに加え、七月の祇園祭り、十月の時代祭りを京都の三大祭りというが、このうち、時代祭りは明治二十八年になって葵祭りを真似て作られた祭りであり、正確に京都本来の祭りといえば、葵祭りと祇園祭りの二つということになる。

中でも、葵祭りは、平安の雅《みやび》やかな風俗が、そのまま再現されているので、京都では祭りの中の祭りといわれている。

今年の十五日は五月晴《さつき》れで、その陽光のもと、平安時代の装束をまとった総勢三百五十人の人々が牛車に乗り、全長一キロにわたって行列を繰り広げた。

中川は捜査本部にいて、テレビでこの葵祭りの中継を眺めていた。

坂井京子は、この祭りが見たくて東京から去年も今年もやって来た。そして、今年は、この祭りを見る前に殺されてしまった。

「平安絵巻か」

と、ふと中川はつぶやいた。

平安時代なら、陰陽という文字も関係がある。

「坂井京子、葵祭り、平安絵巻、そして、陰陽か」

と、中川は、またつぶやいた。しかし、それがどう犯人に結びつくのか、中川には見当がつかなかった。


京都の殺人事件は、壁にぶつかったと思われた。

東京の警視庁では、京都府警からの協力要請もあって、引き続いて殺された坂井京子の周辺を洗って、わかったことを京都の捜査本部に報告していたが、次第にそのタネもなくなってきた。

七月に入り、京都は、祇園祭りの季節になった。また、うだるような暑さも到来して、葵祭りの前の殺人事件は、人々の記憶から忘れられようとしていた。

東京の警視庁で京都府警からの捜査依頼を受けて、坂井京子の周辺を洗っていた刑事たちも、次第に動きが少なくなっていった。

5

七月の二十五日、今度は東京都内で殺人事件が発生した。

殺されたのは、坂井京子と一緒に遊んでいた三人の男の中の一人、石川一也だった。

石川の住居は、高級住宅街といわれている渋谷《しぶや》区松濤《しょうとう》の新しい高級マンションだった。その最上階の一二〇一号室が石川一也の住居で、二百平方メートルのフロアに対して、一ヵ月の部屋代は百二十万円。石川は、そこに二ヵ月前から住んでいた。

七月二十六日の朝、石川と付き合いのあった女性が、渡されたキーを使って部屋に入ったところ、石川は寝室のベッドの上で、背中を突き刺されて殺されていた。

石川は、やや太り気味で、「寝る時はパンツ一枚の裸で寝るんだ」と日頃から自慢していたとおり、その時も裸同然で、そのまま殺されていたのである。

駆けつけた十津川《とつがわ》警部たちは、死体と一緒に、寝室の真っ白な壁に大きな文字が書かれているのを発見した。

その文字は、「陰陽」である。その文字は京都の事件で十津川も知っていた。すぐ、あの文字だと直感した。

それに、被害者の石川一也は、京都で殺された坂井京子の友人の一人で、壁の文字を見るまでもなく、京都の事件と関連した殺人だと考えるのが普通だろう。

さらに、背中の刺し傷が京都のものとよく似ていた。

京都府警からの報告によると、坂井京子の胸の傷は、何か先端の鈍い刃物で無理矢理突き刺したものといわれているが、今、目の前で死んでいる石川一也の背中の傷もよく似ていた。

血が流れていたが、傷口はギザついていて、鋭利な刃物で刺されたものとは到底思えなかった。

十津川は、京都府警から送られて来た問題の陰陽の文字と、今回の壁に書かれた陰陽の文字を比べてみた。素人目にもよく似ていたが、念のために筆跡鑑定を科研に依頼した。

その一方、十津川は、何か手がかりが得られないかと、二百平方メートルの室内全体を徹底的に調べることにした。

まず、目についたのは、壁にかかっている二枚の大きな写真パネルだった。

一枚は、明らかにラスベガスで撮ったもので、四人の男女が写っていた。その一人は石川本人で、あとは坂井京子、笠原卓、南条直道の三人だった。

彼ら四人が、よくラスベガスに行っていたことは知っていたので、別に驚きはしなかったが、もう一枚のパネルのほうに、十津川は大きな関心を持った。

それは、赤い鳥居の前で四人並んで撮っているもので、一瞬、どこの景色かわからなかった。

一緒にいた日下《くさか》刑事が、

「これは、鎌倉八幡《かまくらはちまん》ですよ」

と、いった。

日下は、何回か鎌倉に遊びに行って、鎌倉八幡にも参詣《さんけい》したことがあるので、間違いないといった。

「石川一也に、そんな信仰心があったのかな？」

と、亀井《かめい》が首をかしげた。

「しかし、坂井京子も京都の葵祭りに行ったそうですから、四人とも宗教心というよりも、お祭りの好きな人間だったんじゃありませんか？」

と、日下が、いった。

机の奥からは、アルバムが発見された。

十津川は、そのアルバムを仔細《しさい》に点検した。

ラスベガスで四人で遊んでいる写真が多かったが、その他に、京都の下鴨神社の写真、そして、十津川が関心を持った鎌倉八幡の写真も何枚かあった。

そのうちの二枚は、鎌倉八幡の大祭の写真だった。正確には、鶴岡《つるがおか》八幡宮例大祭というらしい。

その一枚は、八幡宮の長い階段を登っていく、神輿《みこし》をかついだ白装束の神官たちの行列が写っており、もう一枚には、流鏑馬《やぶさめ》の神事で、疾走する馬の上から的を射る射手が写っていた。

十津川は、その二枚を見ながら、

「そういえば、下鴨神社にも流鏑馬があったね」

と、自分にいいきかせるようにいった。

その他、アルバムには、京都の藤森神社の写真もあった。

藤森神社のことは、京都の中川警部も触れていたが、坂井京子がなぜもっと有名な寺や神社を訪ねず、郊外にある藤森神社に関心を持っていたのかが疑問だといっていた。

どうやら、仲間の石川一也も藤森神社に関心があったらしい。

その三枚の写真には、彼ら自身は写っていなかったが、五月五日のお祭りの模様が写っていた。そこにも、駆け馬神事と書かれていたが、写っていたのは流鏑馬と同じものだった。

狩衣姿《かりぎぬすがた》の射手が馬を走らせながら、的を射る写真である。

「連中は、この流鏑馬のほうに関心があったんだ」

と、十津川は、いった。

十津川は、別に流鏑馬には詳しくないし、どれくらいの神社でこの神事が行われているのかは正確には知らなかった。

しかし、この写真を見る限り、流鏑馬という神事は、京都でも鎌倉でも行われているらしい。

「やっぱり競馬との関係でしょうかね？」

と、亀井がいった。

「最近は、流鏑馬にもサラブレッドが使われているらしいですよ」

と、日下が、いった。

十津川は、一二〇一号室の住まいを調べ終わると、部下の刑事たちに、

「すぐ、笠原と南条について調べてみてくれ。二人のアリバイだ」

と、いった。

渋谷警察署に捜査本部が置かれた。

事件のことは、関連性があるということで、すぐに京都府警の中川警部に知らされた。

中川は、

「たぶん、同一犯人でしょうね？　となると、合同捜査ですね」

と、勢い込んで十津川にいった。

「私も同感です。間違いなく、これは同一犯の犯行です。そして私は、京都の旅館と東京のマンションに書かれた『陰陽』の文字が引っかかります」

と、十津川は、いった。

第二章　三人目の男

1

十津川と亀井は、笠原卓に、会ってみることにした。風俗営業で儲《もう》け、現在の、資産が、十億とも二十億ともいわれている、成功者というか、成金である。

笠原の家は、東京郊外の三鷹《みたか》に、あった。敷地が五百坪あり、プールも、設けられている。そこに、笠原は、一人で住んでいた。

正確にいえば、一人ではなく、何人かの女が、交代で、同居しているような、状況だった。

十津川と亀井が、訪ねた時も、新人の女性タレントと、一緒だった。

笠原は、十津川に向かって、

「今の女は、とにかくテレビに出たいというので、知り合いの、プロデューサーに、金をやって頼んであるんですよ。芸能界というのは、金さえあれば、どんなバカでも、一応テレビには、出られますからね」

と、ちょっと、皮肉な顔つきで、いった。

「それが趣味ですか？」

亀井が、こちらも皮肉な目つきで、笠原を見て、いった。

笠原は、笑って、

「若い女の夢を、かなえてやるのが、ボクの優しさみたいな、もんですかね」

と、いった。

「すべて金ですか？」

と、亀井がいった。

笠原は、またニヤッとして、

「今の世の中、金で、何とでもなるというじゃないですか。そんなもんですよ」

と、いった。

十津川は、そんな笠原に向かって、

「お友だちの、坂井京子さんと、石川一也さんが、死んだことは、知っていますね？」

と、本題に入って、いった。

笠原は、黙って、パイプを取り出すと、口にくわえ、ゆっくりと、火をつけてから、

「ええ、新聞で、読みましたよ」

とだけ、いった。

「われわれは、二つの事件を、調べているのですが、あなたに、犯人の心当たりは、ありませんか？」

「残念ながら、ありません。坂井京子にしても、石川一也にしても、誰かに、恨まれるようなことのない人間ですからね。もちろん、ボクだって、ないですよ。たぶん、ボクたちが、金持ちだから、それをねたんで、やったんじゃありませんか？　怖い世の中ですよ」

「二人を、殺した犯人ですが、現場に、面白い字を、書き残しているんです。これも新聞で、お読みになったかも知れませんが、陰陽という字なんです。例の陰陽師の陰陽です。これについて、笠原さんは、何かご存じありませんか？」

と、十津川が、きいた。

笠原は、パイプをくわえたまま、天井に目をやって、しばらく、黙っていたが、

「陰陽ねえ。何か、時代遅れの、言葉ですね。ボクには関係ないなあ。今は、平安時代じゃないんだから」

と、だけいった。

「じゃあ、競馬は、おやりですか？」

と、十津川はきいた。

「競馬なら、やりますよ。バクチは、好きなほうだから。人生、バクチ、ですからね」

笠原は、したり顔でいった。

「坂井京子さんと、石川一也さん、それにあなたと、南条直道さんの四人で、よく、ラスベガスに、行っているそうですね？」

と、十津川がいった。

「ええ、四人とも、バクチが、好きですからね。いや、バクチというよりも、賭《か》けるのが好きなんですよ。あのスリルが、たまらない」

笠原は笑った。

「人生すべて、賭けですか？」

亀井が、ジロリと、笠原をにらんだ。

笠原は、そんな亀井の視線にはかまわず、

「そうですねえ。こんないい方をしては、悪いけど、ボクたちは、金には、困りません。男のボクにいわせれば、金にも、女にも、困らないというのかな。嫌みかな。だから、退屈で、しようがないんですよ。仕事にも、飽きましたからね。何かに、賭けなきゃ、生きていけない。賭けるのが、生きがいなんですよ」

と、いった。

「とすると、亡くなった坂井京子さんも、石川一也さんも、あなたと、同じような、気持ちだったんですかね？」

十津川がきいた。

「今のは、ボクの気持ちを、いっただけで、二人が、どうだったのかは、わかりません。でも、賭けは、好きでしたよ。刑事さんには、何か、賭けるものが、ありますか？」

笠原は、笑いながら、十津川にきいた。

「私は、あなたみたいに、余分なお金は、ないけれど、少なくとも、人生は賭けませんよ」

十津川がいうと、笠原は、今度は、クスクス笑って、

「いいですねえ。刑事さんは、そうじゃなきゃいけない」

と、ほめたのか、けなしたのか、わからないようなことをいった。

「皆さんは、四人で、ラスベガスに行ったかも知れないが、鎌倉八幡にも、行かれましたね？　石川さんの部屋に、行ったら、鎌倉八幡の前で、皆さんを、撮った写真を、見ましたよ」

十津川が、いった。

笠原はなぜか、急に、冷たい表情になって、

「そんな写真が、あったんですか？」

「ありましたよ。鎌倉八幡が、好きなんですか？」

「そんなことはないが、ボクたちは、賭け事も好きだが、旅行も好きなんですよ。四人でいろいろなところに、行きました。たまたま、その一枚を、石川さんが、持っていたんじゃありませんか。特別、鎌倉八幡が、好きだというわけでは、ありません」

と、笠原は、いった。

少しあわてたような、口ぶりだった。

笠原は、あくまでも、坂井京子と石川一也の死について、関係ないといい、また、犯人の心当たりも、ないといい張った。

十津川は、それ以上、質問せずに、引き上げることにしたが、玄関のところで、立ち止まり、周囲を見回した。

「すごいね。カメラだらけだ」

と、亀井にいった。

二階建ての家の、至るところに、監視カメラが、付いているのだ。それは、異常といえるほどの、数だった。

パトカーの中から、監視カメラを付けた、警備会社に、電話をしてみると、五月に入ってから、急に笠原から電話があり、とにかく、無用心なので、早急に、監視カメラや、赤外線装置を、付けてくれといわれ、あわてて、取り付けたのだという。

五月といえば、四月二十七日に、坂井京子が殺された直後である。

「何か匂いますね」

亀井が、いった。

十津川は、うなずいて、

「笠原は、たぶん、犯人に、心当たりがあるんだよ。自分も狙われると思って、あわてて監視カメラや、赤外線装置を、付けたんだ」

十津川たちは、次に、南条直道の入院している、新宿の病院を、訪ねた。

七階建ての、立派な総合病院である。その中の、一日五万円という、豪華な病室に、南条は入っていた。

二人が五階の病室を、訪ねていくと、入れ違いに、三十歳ぐらいの、若い男が、出て行った。南条は、二人に、向かって、

「友人が、見舞いに来てくれて、いたんですよ」

と、なぜか、いい訳めいた、いい方をしたが、どうも、ただの友人とは、思えなかった。

十津川たちは、ここでも、笠原にしたのと同じ質問をまず、ぶつけてみた。

坂井京子と石川一也が、死んだことを、いい、犯人の心当たりが、ないかと、きいたのである。

南条も、やはり同じように、

「まったく、わかりませんね。ボクたちは、誰からも、恨まれるようなことは、していないし、まあ、いってみれば、人を喜ばすために、金をバラまいているんですよ。今は、不景気ですから、ボクたちの行為は、今様鼠小僧次郎吉《ねずみこぞうじろきち》みたいなもんじゃ、ありませんか？」

と、いってから、

「無理ですかね、ハハハ」

と、笑った。

「四人で、一年に一、二回、ラスベガスに、行かれるそうですね？」

十津川が、きくと、南条は、うなずいて、

「行きますよ。あの街は楽しい。あそこに行くと、退屈しません。それが、何よりだ」

「皆さんは、鎌倉八幡にも、行かれたように思いますが、鎌倉の町も、ラスベガスみたいに、退屈しませんか？」

と、十津川がきいた。

すると、南条は、ちょっと、あわてた感じで、

「鎌倉八幡は、あれは、四人とも、祭り好きで旅行好きだから、たまたま、行っただ

けのことですよ。ラスベガスとは、違います」

　といった。

　そのあわてぶりが、笠原のあわてぶりと、よく似ていた。

「南条さんは、リサイクルショップで、儲《もう》けたと、聞きましたが？」

　と、亀井が、いった。

「ええ、儲けましたよ、かなりね」

「それなのに、商売のほうは、奥さんに任せて、ご自分は、今は関係していないと聞いたのですが、本当ですか？」

「まあ、そんなところですね。仕事は、精一杯、やりましたが、少し、飽きました。だから、これからは、楽しい人生を、送りたいと、思っているんですよ」

　南条が、いった。

「あなたのいう、楽しい人生って、何ですか？」

　十津川がきいた。

「楽しいって、何かなあ。自分でも、時々考えますけどね、それは退屈しない、ピリピリした、緊張感じゃないですかねえ」

「もう少し、具体的に、いってくれませんか？」

　と、十津川がいった。

「ボクは、三十歳の時に、リサイクルショップを始めたんですが、最初は、楽しかったですよ。緊張感が、あったし、こんなに、儲かるのかと思ってね。しかし、毎日、同じようにやって、同じように、儲かって、ただひたすら働く。それが、つまらなくなったんですよ。だから、商売は、家内に任せて、何か、人生の生きがいみたいなものを、探しているんです」

と、南条は、いった。

「それで、坂井さんや、石川さんたちと、ラスベガスに、行ったりしているんですか？」

と、十津川は、きいた。

「そうです。今の世の中、緊張するといったら、賭《か》け事しか、ないじゃないですか。だから、競馬もするし、ラスベガスにも、行くんですよ」

「しかし、損をすることも、あるじゃないですか？」

亀井がきいた。

南条は、笑って、

「だから、緊張するんですよ。損しまいと思ってね。でも、なぜか、ボクたち四人は、ツイているというのか、ラスベガスでも、競馬でも、ほとんど、損をしないですね。だから時々、賭け事も、あまり面白くないと思ってしまうことが、あるんです。何かもっと、面白いことがあるんじゃないか。四人が、顔を合わせると、いつも、そんな話ばかりでしたね」

と、いった。

十津川は、自分の手帳に「陰陽」と書いて、その文字を、南条に見せた。

「これは、坂井京子さんと、石川一也さんが、殺された現場に、書かれていた文字なんですが、何か、心当たりは、ありませんか？」

と、きいた。

「陰陽ですか。何か、古臭い言葉だなあ。ボクたちには、関係ありませんよ」

と、南条は、あっさり、否定した。

それ以上、質問をすることはなくて、十津川たちが病室を出ると、さっき、出て行った若い男が、廊下にいた。十津川たちが、エレベーターに向かって歩いていくと、彼は、逆に、南条の病室に、入っていった。

エレベーターの中で、亀井が、

「あの若い男は、用心棒じゃありませんか？」

と、いった。

「たぶん、そんなところだろう。病院は、警戒が難しいから、用心棒を、雇ったのかも知れない」

十津川も、いった。

病院を出た後、二人は、南条のやっていた、リサイクルショップに、行ってみることにした。

南条のリサイクルショップは、北千住《きたせんじゅ》に、あった。広い敷地の中で、大型トラックが、出たり入ったり、している。プレハブ造りの、大きな倉庫があり、中には、あらゆるものが、置いてあった。

倉庫の隣にある事務所に、行くと、南条の妻の、美知子が、五、六人の社員を使って、テキパキと、仕事を、やっていた。

十津川たちが、刑事であることを、告げると、美知子は、まゆをひそめながら、二人を、隣の応接室に、連れて行った。彼女は、自分で、コーヒーを、出してくれた。その後、

「何のお話でしょうか？」

と、切り口上で、きいた。

「実は、入院しているご主人にも、話したことなんですが、お友だちの坂井京子さんと、石川一也さんが、殺されました。これは、ご存じですね？」

と、十津川が、きいた。

「ええ、知ってますけど。主人のお友だち関係は、よくわからないんですよ。一度だ

け、お会いしたことがありますけど、私とは肌が合わなくて」

　と、美知子は、首を横に振った。

　その語調には、彼女の、正直な気持ちが、現れているように思えた。どうやら、夫の交友関係には、関心がないらしい。それとも夫の賭け事に関心がないのか。

「商売のことをきくと、南条がもう仕事から手を引いたので、リサイクルショップのことは、すべて、自分が、取り仕切っていると、いった。

「それで、ご主人は、今、何を、しているんでしょうかね？　ラスベガスに行ったり、競馬をやったりしているみたいですが？」

　と、亀井が、きいた。

「主人とは、家庭内別居みたいなものなんです。まったく、仕事を、やらないんで、財産を、二つに分けました。主人が、半分に分けた財産で、何をやろうと、私には、関係ありませんわ」

　美知子は、妙に冷たい口調で、いった。

「それは、ご主人が、バクチばかり、やっているからですか？」

　と、十津川がきいた。

「それもあります。それに、この年になって、変ですけど、二人の人生観が、合わなくなったんですよ。そのうちに、本当に離婚するかも知れません」

と、美知子は、いった。

そのくらいだから、坂井京子や石川一也の殺しについても、犯人にまったく、心当たりがないと、美知子はいった。

陰陽という二文字についても、である。

十津川たちは、捜査本部に、戻った。

十津川たちの話を聞いて、若い西本《にしもと》は、

「人生すべて、賭けですか。いいですねえ、賭けられる金がいくらでもあれば、私だって、毎日競馬を、やってますよ」

と、笑った。

確かに、坂井京子、笠原卓、石川一也、南条直道の四人は、この不景気なのに、大金を持っていて、毎日のように、賭け事を、楽しんでいるように見える。それが、殺人に、結びついたのかも知れなかった。

しかし、十津川には、わからないことが、あった。よくバクチは、被害者がいない犯罪だといわれる。彼らが、何万、何千万、何億賭け事に使おうとも、それによって、被害者が、出るわけではないからだ。それなのに、なぜ二人は、殺されてしまったのだろうか？

特に、ラスベガスは、アメリカである。そこで、彼らが、儲《もう》けようが、損をしようが、それで殺されたとは、到底思えなかった。

競馬でも、同じである。

競馬で、得する人、損する人はいるだろう。しかし、損した人間が、儲けた人間を、殺したということは、聞いたことがない。

とすると、いったい何が、殺人の動機なのだろうか？

「ラスベガスや、競馬じゃないな」

十津川は、亀井に、いった。

亀井も、うなずいて、

「そうですよ。連中が、得しても、損しても、そのせいで、殺人が起きたとは、考えられません」

と、いった。

「とすると、後は、何が残るんだ？」

十津川は、自問した。

「鎌倉八幡じゃ、ありませんか？」

と、亀井が、いった。

「しかしねえ、カメさん。鎌倉八幡のお祭りで、どうして、坂井京子や、石川一也が、殺されなきゃならないんだ？　お祭りは、めでたいものだろう？」

と、十津川は、いった。

「確かに、そうなんですが、今日、笠原と南条に、会って、気がついたんです。二人は、ラスベガスや、競馬の話は、楽しそうにしていましたが、話題が、鎌倉八幡になると、急に、おかしくなっていましたよ。何か、その話には、触れたくないというような、感じでした」

「カメさんも、そう思ったか？」

「ええ、そう思いました。何か、あるに違いありません」

亀井が、いった。

「しかし、鎌倉八幡の、例大祭は、九月だろ？　まだ七月だよ」

「だから、去年か、もっと、前の鎌倉八幡の例大祭に、何かあったんじゃありませんか？」

2

十津川は、去年の、鎌倉八幡の例大祭の、ビデオを借りてきて、見てみることにした。

鎌倉八幡の例大祭は、九月十四日が、宵宮《よいみや》祭りで、十五日が本祭り、そして、三日目の十六日に、流鏑馬《やぶさめ》が、行われる。

十津川は、特に十六日の、流鏑馬に、興味を持った。京都で、殺された坂井京子が、下鴨神社で、行われる流鏑馬に、興味を持っていたように、思えるからである。

刑事たちは、全員で、捜査本部で、そのビデオを見た。特に、十六日に行われた、流鏑馬の神事については、繰り返し、見ることにした。

拝観者が、二百六十メートルの馬場を囲んで、じっと眺めている。射手は三人で、狩装束と呼ばれる鎌倉時代の装束に、身を固めて、騎乗して、馬場に近づく。

紅白の扇が振られて、馬場の中の安全が、確認されると、いよいよ、最初の射手が、弓矢を持って、馬を馬場に、乗り入れるのだ。

東側の馬場の始まりから、西側の端まで、全長約二百六十メートルを、駆け抜けながら、弓に矢をつがえ、気合一声、「陰陽《いんよう》！」と叫んで、的にめがけて、矢を放つ。

その掛け声を、聞いた途端、十津川と亀井は、同時に「あっ」と小さく、叫んでいた。「陰陽」は、この掛け声だったのだ。

的が、乾いた響きを立てて、砕け散ると、わーッと見物人の間から、拍手と歓声が、沸く。

最初の射手は、見事に、一の的、二の的、三の的と当てていった。二番目の射手も、緊張した表情で馬を馳《は》せながら、同じように、第一、第二、第三の的を、見事に射ぬいていった。

三日間の、例大祭のビデオは、全体で約六十分だったが、この流鏑馬の、神事そのものは、七、八分くらいのものだった。

見終わった後、

「ありましたね、陰陽が」

と、亀井が、興奮した口調で、いった。

正直にいって、射手の掛け声は〝おんみょう〟とも聞こえたし、〝いんみょう〟とも聞こえたが、ともかく、字にすれば、陰陽だろう。

犯人は、流鏑馬の神事の、射手の掛け声を、殺人の現場に、書き残したと、いっていいのではないだろうか？　しかし、なぜ、そんなものを、現場に、書き残したのだろうか？

十津川が、見終わったビデオを、ケースに入れていると、北条早苗《ほうじょうさなえ》刑事が、

「どうして、二人だけなんですか？」

と、十津川に、きいた。

十津川は、一瞬、早苗のきいた意味が、わからず、

「何が二人だって？」

と、きき返した。

「説明では、三人の射手が、お神酒《みき》をいただいて、三つの的を、射るといってましたけど、ビデオには、二人しか、写っていませんでした。三人目の人は、どうして、写っていなかったんでしょうか？」

と、早苗がいった。

日下刑事が、

「それは、時間のせいだよ。全部写したんじゃ、ビデオが、足りなくなるので、三人目は、カットしたんだろう。同じことだからね」

と、いった。

西本刑事も、日下に、賛成して、

「編集の都合だよ。同じ場面を、三回繰り返して撮っても仕方がないと思ったんだろう」

と、いった。

「ちょっと待て」

十津川が、いった。

「とにかく、きいてみようじゃないか。なぜビデオに、二人しか写っていないかをだ」

「警部、それは、日下たちが、いったように、編集の都合でしょう。別に、何か、意味があるとも、思えません」

　と、亀井はいった。

「それでも、一応、きいてみるよ」

　と、十津川は、いった。

　十津川が鎌倉八幡の社務所に電話をしてきいてみると、向こうも、同じように、

「それは、編集の都合です。三人とも同じことをしたんですから、全部写しても、仕方がありませんから、二人だけにしたんです」

　と、答えた。

　なぜか、十津川は、引っかかって、

「三人とも、全部写した、ビデオは、ありませんか？」

　と、きいてみた。

「私どものところには、そちらに、お貸ししたビデオしか、ございません」

　と、相手がいった。

　おかしなもので、そういわれてしまうと、十津川は、かえって、気になり、今度は、地元の、神奈川のテレビ局に、電話を、かけた。

「去年の、鎌倉八幡の、例大祭のビデオがありますか？」

　と、きくと、テレビ局は、

「当日テレビ放映したものの、ビデオが、残っています」

と答えた。

十津川は、亀井を、うながして、

「とにかく、そのビデオを、見に行こうじゃないか」

と、いった。

どうしても、北条早苗刑事のいったことが、引っかかって、仕方がないのだ。

翌日の午前中に、十津川は、亀井と二人、小田原《おだわら》にある、神奈川のテレビ局を、訪ねた。

十津川は、編成局長の青木《あおき》に会って、去年の祭りのビデオ、特に十六日の流鏑馬のビデオを、見せて欲しいと、伝えた。

十津川たちが、前に見たビデオは、観光用に作られたものだったから、今度のビデオは、それよりも、長時間、詳しく写っていた。しかし、なぜか、流鏑馬の神事についてだけは、二人の射手しか、写っていなかった。

十津川は、青木に向かって、

「十六日の、流鏑馬の神事は、射手が、三人いるはずですね。それなのに、どうして、二人しか写っていないんですか?」

ときいた。

青木は、小さく首をすくめて、

「三人とも、同じことを、するわけですからね。二人でいいと、思ったんですよ」

「しかし、当日のテレビ放映には、三人全部写っていたわけでしょう？」

と、十津川はきいた。

「ええ、当日のテレビ放映は、三人とも、全部写っていましたが、ビデオに残すとなると、二人で、十分ですから」

と、青木はいった。

どうも、そのいい方が、おかしいと、十津川は、思った。

観光用のビデオなら、二人だけでもいいが、テレビ局ともなれば、記録の面も、あるはずである。それなのに、どうして、三人いるはずの射手が、二人だけしか、写っていないのか？

「三人全部、写っている、ビデオは、ありませんか？」

十津川は、しつこくきいてみた。

青木は、ますます、当惑した顔になって、

「しかし、どうして、三人とも写っているビデオが必要なんですか？　三人目も、前の二人と、まったく同じことを、するんですよ。馬を走らせて、的を射るんですから」

といった。

（どうもおかしいな）

と、十津川は、一人でつぶやいた。

それを聞きとがめて、青木は、

「何が、おかしいんですか？」

「去年の例大祭の、流鏑馬《やぶさめ》の神事の時に、何か、あったんじゃ、ありませんか？」

十津川は、じっと、青木の顔を見た。

「あなたが、いわなくても、見物人が何万人といたのだから、聞けば、わかりますよ」

十津川は、相手を、ちょっと脅かした。

青木は、苦笑して、

「困りましたね。実は、ちょっとしたことがあって、わざと、ビデオテープには、残さなかったんです。でも、刑事さんが、考えているような、事件じゃありませんよ」

と、いった。

事件でないことは、わかっていた。事件であれば、その時に、問題になり、新聞ダネに、なっていたはずだからである。

青木は、しばらく考えてから、

「仕方ありません。全部写っているものを、お見せしましょう」

と、いってくれた。

青木は、そのビデオテープを、持ってきて、二人の刑事に、見せてくれた。

流鏑馬の神事が、始まるまでの様子は、もちろん、十津川たちが、見たものと、まったく同じだった。第一の射手が出走し、第二の射手が出走するのも、同じだった。

そして、いよいよ、これまでのビデオには、写っていなかった第三の射手が、馬に乗って出てきた。

同じように、美しい狩装束を、着ている。颯爽《さっそう》と、馬を走らせていく。

第一の的を射る。見事に当たって、拍手が、沸く。第二の的も、見事に、打ち砕いた。

そして、第三の的に向かう。馬に乗ったまま、弓に矢をつがえ、その射手も「陰陽！」と大きく叫んだ。そして、矢が放たれた。

しかし、その矢は的に、命中しなかった。そのまま、無念そうに、第三の射手は、馬を走らせていく。

青木は、そこで、ビデオを、止めた。

「これで、おわかりでしょう。第三の射手は、第三の的を、失敗したんですよ。ま、たまには、こういうことも、ありますが、あまり名誉なことでは、ありませんから、この第三の射手の姿を、はずして、ビデオを作ったんですよ」

確かに、青木の説明は、納得のいくものだった。もちろん、三人の射手が、三人とも、三つの的を、見事に射抜くことも、あるだろうが、一つぐらいはずしても、不思議ではない。

確かに、何の事件でも、ないのだ。

それに、第三の射手が、面目《めんもく》ないだろうというので、その場面だけ、はずしたというのも、納得できるものだった。

「こちらのビデオを、一日、二日、お貸し願えませんか？」

と、十津川はいった。

「いいでしょう。その代わり、必ず返してくださいよ」

と、青木は、いった。

3

二人が持ち帰ったビデオを、また、刑事たち全員で、見ることになった。

十津川としては、特に、北条早苗刑事の意見が聞きたかったのだ。

そのビデオを二回見てから、十津川は、早苗に向かって、

「君の感想を、聞きたいね」

と、いった。

「地元のテレビ局の話では、三人目の射手が的を一つはずしてしまい、面目ないというので、ビデオではその気持ちに配慮して、三人目を省いて、作ったというんだ。その気持ちは、よくわかる。わかるんだがね、君はどう思う？」

早苗は、十津川がきいても、しばらくの間、何か考えているように、黙っていた。

「意見なしか？」

と、十津川が、いうと、早苗は、

「この人、どこかで、見たことがあります」

「どこかで見たって、君の知り合いか？」

亀井が、きいた。

「私の知り合いでは、ありませんが、確か、この人は、有名な人ですよ」

と、早苗が、いった。

「有名人？」

と、亀井がきき返す。

「ええ、確か……」

と、早苗は、しばらく、考えてから、

「確か、永谷礼一郎《ながたにれいいちろう》、そうですよ、間違いなく、この人、永谷礼一郎です」

と、いった。

十津川が、早苗を見て、

「永谷礼一郎って、あの俳優のか」

と、きいた。

「ええ。あの有名な、永谷礼一郎に間違いありませんわ」

と、早苗は、いった。

永谷礼一郎は、時代劇の俳優で、いくつかの主演男優賞をもらい、また海外でも、有名な俳優だった。特に、颯爽《さっそう》とした、その立ち回りは、有名で、馬上での、決闘シーンを、十津川は見たことがあった。

「確か、永谷礼一郎は、死んだんじゃなかったかな」

と、十津川は、いった。

「ええ、去年の暮れに、確か亡くなったはずです。六十二歳で」

と、早苗は、いった。

刑事たちで、もう一度、問題のビデオを、確認した。

三人目の射手が、出てきたところで、画面を、止めた。狩装束を着ているので、わからなかったが、よく見ると、確かに、早苗のいうとおり、俳優の永谷礼一郎に、似ている。

十津川は、もう一度、地元テレビ局の青木に電話をかけて、その点を、きいてみた。

青木は最初、困ったようで、

「それは公表されていませんから」

といっていたが、十津川が、重ねて、きくと、

「確かに、永谷礼一郎さんです。永谷さんは鎌倉に住んでいて、去年の例大祭の時に、鎌倉八幡のほうから頼んで、流鏑馬の、射手の一人に、なってもらったんですよ。何しろ、永谷さんは、時代劇の俳優としては、有名だし、特に、馬を走らせるのが、上手でしたからね。それでお願いしたんだと、思います。ただ、あのテープを、ご覧になればわかりますが、第一、第二の的は、見事に当てましたが、第三の的で、失敗してしまった。それでずいぶん、永谷さんは落ち込んでいたんです。そういうこともあって、保存用のビデオには、永谷さんの出ている部分を、カットしたんですがね、わかってしまえば仕方ありません。確かに、あれは永谷さんです」

「その永谷さんですが、お亡くなりになりましたね、去年の暮れに」

と、十津川は、いった。

「ええ、残念ですが、亡くなってしまわれました。もし、生きていらっしゃったら、今年もう一度流鏑馬《やぶさめ》に、出ていただいて、名誉回復ということにしたいと、私なんか

は、思っていたんですけどね」

と、青木は、いった。

十津川は、考え込んでしまった。確かに、永谷礼一郎は有名な俳優である。特に、日本のサムライとして、外国でも、評判の俳優だった。

それが、鎌倉八幡に頼まれて、去年の例大祭で三人目の射手となり、流鏑馬に参加した。

そして、第一、第二の的は射たが、第三の的で、失敗した。

しかし、それと、二つの殺人事件と、何の関係が、あるのだろうか？

関係があるようには思えない。

しかし、その一方で、犯人は、坂井京子と、石川一也の死体のそばに、射手の掛け声である「陰陽」という言葉を、書き残しているのだ。とすると、犯人は、何らかの意味で、流鏑馬の神事と、関係があるに違いない。

そして、関係のあることを、わざと匂わして、書き残していったに、違いないと、十津川は考えてしまう。

十津川は、しばらく迷ってから、

「永谷礼一郎のことを詳しく調べてみよう」

と、部下の刑事たちに、いった。

4

永谷礼一郎は、歌舞伎の名門に、生まれている。それが、歌舞伎の世界に、あき足らず、二十代で映画、テレビの世界に、入っていった。

百八十センチの長身、類《たぐい》まれな運動神経で、たちまち、時代劇俳優として、成功していった。

四十歳で、主演男優賞を、受賞している。英語が達者なために、アメリカ映画や、その他の外国の映画にも、日本人の侍の役で、出演して、海外でも、有名になった。

特に、馬上での、決闘シーンが有名で、そのスピード感あふれる姿は絶賛された。

流鏑馬ではなくて、映画の時代劇の中で、馬を疾走させながら、弓を射る場面が、何度もあったから、鎌倉八幡が、地元に住む永谷礼一郎に頼んで、例大祭の流鏑馬の神事に、特別出演してもらった理由も、わかるというものである。

永谷礼一郎が、たまたま、第三の的を射るのに、失敗したのも、芝居の緊張感とは、また違う緊張感のためだったろう。

その永谷だが、昨年の十二月末に、アメリカで、飛行機事故で、亡くなっていた。

永谷礼一郎は、飛行機操縦の免許を、持っていて、時々、アメリカに行って、思う存分、飛行機を操縦して、楽しんでいたのだが、その日、十二月二十五日に、カリフォルニアで、単発飛行機を操縦していて、操縦不能に陥り、近くの山に、激突して、亡くなってしまった。

これが、永谷礼一郎の、おおざっぱな経歴である。亡くなった時は六十二歳だった。

飛行機事故での死を、いかにも、永谷礼一郎らしいと、書いた人もいた。

しかし、いくら永谷礼一郎のことを、調べても、それが坂井京子たち四人と、あるいは、坂井京子と石川一也の殺しとの、関係は、わからなかった。

刑事の一人が、

「永谷礼一郎が、事故で死んだ時、例の四人がラスベガスで、遊んでいたんじゃありませんか？」

と、十津川に、いった。

念のために、調べてみると、坂井京子たち四人が、ラスベガスに、行ったのは、四月だった。

永谷礼一郎が、カリフォルニアで亡くなった時、四人とも、アメリカではなくて、日本にいたことは、すぐに証明された。

「これは、関係ありませんよ」

亀井が、サジを投げた感じで、十津川にいった。

「それでも、何か引っかかるな」

と、十津川は、いった。

「しかし、引っかかるものが、ありませんよ。永谷礼一郎が、例の四人と付き合っていたという証拠も、ありませんし、永谷自身が、賭《か》け事や競馬が、好きだという話も、聞いたことがありませんから」

と、亀井が、いった。

それでも、十津川は、あきらめきれなくて、去年の十二月二十五日に、永谷礼一郎が、飛行機事故で死んだ時の詳細をききたいと思った。それで、カリフォルニアの警察署に、手紙を書いた。永谷礼一郎が、飛行機事故で死んだ時の、詳細を、お知らせ願いたいという手紙である。

向こうの警察も、永谷礼一郎が、国際的に有名な俳優であることを、知っていて、すぐに応じてくれて、二日後に、ファックスで、詳細が報告されてきた。その報告書を、翻訳すると、次のようなものになった。

〈ミスター永谷は、カリフォルニアに家を持ち、また、家から、一キロほど離れた空港にある飛行機クラブ「カリフォルニア・エンジェル」の正式な、会員でも、ありました。

そのクラブに、ミスター永谷は、飛行機二機を、所有しており、アメリカに来た時には、クラブに寄って、自ら飛行機を操縦し、楽しんでおられました。

去年の十二月二十五日も、ミスター永谷は「カリフォルニア・エンジェル」に来て、自分の飛行機を、操縦して、飛行を楽しんでおられました。

それが突然、操縦不能に陥って、近くの山肌に激突して、死亡されました。

詳細はわかりませんが、おそらく、エンジン系統のトラブルと、思われます。

ミスター永谷は、すぐ、カリフォルニアの総合病院に運ばれて、応急手術を受けましたが、すでにその時には亡くなられておりました。

死体検案書の写しもお送りいたします〉

その死体検案書も、ファックスで送られてきた。よほど激しく山肌に激突したとみえて、死体検案書によると、胸部は複雑骨折し、頭蓋骨《ずがいこつ》も骨折して、そのための死亡と書かれている。

どこにも、不審なところは、見られなかった。

死亡した時、永谷礼一郎は、睡眠薬もその他のクスリも飲んでいなかったと、書かれている。つまり、正常な感覚で、飛行機を、操縦していて、エンジンの不調から、山肌に激突して、死亡したとしか考えられないという。

ただ一つ、十津川が、気になったのは、死体各部の損傷について、書かれた部分で、右手の小指が、なくなっている、と書かれていることだった。

5

「右手の小指が、なくなっているということは、どういうことなのだろうか？」

十津川は亀井に、いった。

亀井も、首をかしげて、

「事故の瞬間に、小指が千切れて、飛んだということでしょうかね？」

と、いった。

十津川は、念のために、カリフォルニアの警察に電話をかけて、このことを、きいてみた。

すぐには、返事がなくて、一時間くらいしてから、返事があった。

「医師の話では、前からミスター永谷の右手の小指は、なくなっていたという話でした」

と、いう。

そのことにまた、十津川は、不審を感じた。

十津川は、永谷礼一郎の主演した、映画を、何本か見ている。もし、右手の小指が、なかったら、あれほど豪快に、刀を振り回すことはできないのではないか。

だが、永谷の立ち回りは、いつも豪快だった。とても、右手の小指がないようには、見えなかった。

十津川は、とにかくこのことに、こだわった。今度は、N映画会社に、電話をして、永谷礼一郎について、きいてみた。

十津川が、小指の話をすると、電話に出たプロデューサーは、

「そんなバカな」

と、いった。

「永谷礼一郎の、右手の小指が、なかったなんて話は、聞いたことが、ありませんよ。ボクは、よく彼の撮影シーンを、見ていましたけど、右手の小指は、ちゃんとありましたよ。誰がそんなデマを、流しているんですか？」

と、怒ったような声で、いった。

「永谷さんが、こちらで、最後に、映画を撮ったのは、いつでしたかね？」

「去年の秋にクランクアップした映画だと思いますね。評判がよくて、たくさんの賞を獲《と》った映画ですよ」

と、相手は、いった。

「その時にも、永谷さんの右手には、ちゃんと、小指がありましたか?」

十津川が、きくと、

「ちゃんとありましたよ。あったに、決まってるじゃないですか」

と、怒ったように、いった。

その映画は、すでに、ビデオになっているので、借りてきて、全員で、映してみた。彼は、その映画の中で、ある小藩の城代家老の役で、若い時ほど、激しい立ち回りは、していなかったが、それでも、ラストに近くなって、敵方の侍五、六人を相手に、見事な、太刀さばきを、見せていた。

上段から、振り下ろされる、太刀は、見ていても、ゾクッとするほどの、素晴らしさで、とても、右手の小指が、ないようには、思えなかった。

十津川は、ある野球選手に、聞いたことを思い出した。

その野球選手は、バットを、本当に支えているのは、小指であり、他の指は、添え物みたいなもので、小指の力がないと、鋭い打球を打つことはできないと、十津川にいったのである。

そのことを考えると、もし、この時、永谷礼一郎の右手の小指が、なかったら、こんな、激しい立ち回りは、できないだろう。

と、すると、N映画のプロデューサーの話は、本当だったのだ。

「カリフォルニアの、警察の、この死体検案書が、間違っているんじゃないですか？」

と、亀井が、いった。

十津川は、また首を、かしげてしまって、

「でもね、永谷礼一郎は、アメリカでも有名人なんだ。それが、飛行機事故を起こした時の死体検案書だからね。特に、身体的な損傷は、細かく書いてある。そんな時に、右手の小指があるのに、なかったなんて、ウソを、書くだろうか」

と、いった。

「それじゃあ、永谷礼一郎の家族にきいたら、どうでしょうか？　奥さんは、亡くなっていますが、息子さんが、一人いるはずです」

と、北条早苗が、いった。

電話を調べて、十津川は、鎌倉の永谷家に、電話をかけてみた。女性が出た。が、それはお手伝いさんで、

「永谷礼一郎さんの息子さんに、お話があるんですが」

と、十津川が、いうと、

「息子さんなら、今、外国に行っています」

と、いう。

永谷礼一郎の一人息子は、確か、永谷敬といって、四十歳ぐらいの、はずだった。俳優はやっておらず、音楽関係の仕事をしながら旅行を楽しんでいるようなことが、週刊誌に、書かれてあったのを、十津川は覚えていた。

とすると、好きな旅行にでも、出かけているのだろうか？

「あなたは、昔から、永谷さんのところで、働いているのですか？」

と、十津川はきいてみた。

「いいえ、今年になってからですけれども」

と、相手はいった。

それでは、去年の十二月に、事故死した永谷礼一郎のことは、知らないだろう。やはり、一人息子の敬に、きいてみるしかない。

「もし、息子さんから、電話があったら、すぐに、こちらに、電話をするように、いってください」

と、十津川は伝えた。

その日の捜査会議で、永谷礼一郎のことが、当然、問題になった。三上本部長は、あまり乗り気ではない感じで、

「本当に、永谷礼一郎が、二つの殺人事件に、関係しているのかね？　君たちは、まさか、去年の十二月に死んだ、永谷礼一郎の亡霊が、坂井京子や、石川一也を、殺し

たなんていうんじゃないだろうね？　平安時代なら、陰陽で、呪《のろ》い殺すことは、できるかも知れないが」

と、皮肉な、笑い方をした。

「確かに、今のところ、永谷礼一郎の死亡と、二つの殺人事件が、関係があるという証拠は、ありません。しかし、調べていくと、この永谷礼一郎が、浮かんできたのです。永谷自身が、生きていれば、むしろ私は、関係がないと、思ったでしょうが、偶然というか、彼も、亡くなっているんです。どうも、そのことが、引っかかるんですよ」

と、十津川は、いった。

「引っかかるって、どこが、引っかかるんだ？」

「殺された坂井京子は、流鏑馬《やぶさめ》に、興味を持っていました。他の三人は、興味を持っていたかどうかはわかりませんが、それでも、少なくとも全員が、鎌倉八幡に、行ったことは確かなんです。そして、そのことを、なぜか隠そうとしています。また、鎌倉八幡の、流鏑馬の神事では、永谷礼一郎が、第三の射手に、招待されて、馬を走らせているんです。その礼一郎が去年の、九月十六日に、流鏑馬に出て、三カ月後の十二月に、アメリカで、死んでいます。どうしても、そのことが、引っかかるのです」

と、十津川は、いった。

「しかし、永谷礼一郎が飛行機事故で死んでいるのは、確かなんだろう？　まさか、その事故が、仕組まれたものだなんて、いうんじゃないだろうな？」

　と、三上が、いった。

「そうは、思いません。向こうの警察が、事故調査委員会と共同で、調べた結果が、事故なんですから。それに、遺書もありませんから、自殺とも、思えません」

「それなら、日本の殺人事件とは、関係ないことに、なるじゃないか？」

　と、三上が、いった。

「確かに、そのとおりなんですが――」

　と、十津川は、いった。

　そのとおりが困るのだ。そのとおりだから、かえって、何か関係があると、考えてしまう。

　しかし、どう関係があるのか、肝心のところが見えて来ない。

「陰陽」という言葉が十津川の脳裏に浮かんだ。

　去年の、鎌倉八幡の、流鏑馬の神事で、永谷礼一郎も、馬を走らせながら、間違いなく、矢を射る時「陰陽！」という掛け声を、かけている。そこが、唯一の、つながりとしかいえなかった。といって、まさか、永谷の幽霊が、あの「陰陽」という文字を、書かせたわけではないだろう。

捜査本部には、永谷礼一郎の写真が、新たにつけ加えられた。馬にまたがって、颯《さっ》爽《そう》と走っている、映画の一場面の、写真である。

十津川は、しばらく、それをじっとながめていた。その写真が、狩装束をつけて、鎌倉八幡の馬場を、走っている、ビデオの中の姿と、重なってくる。

彼は、もちろん、第一から第三の的まで、すべて、的中させるつもりで、引き受けたのだろう。しかし、第三の矢を、失敗してしまった。

さぞ、残念だったろう。面目ないと思ったかも知れない。しかし、そのことで、事件が起きたとは、十津川には考えにくいのだ。

十津川は、鎌倉八幡の流鏑馬だけではなく、下鴨神社の流鏑馬や、日光東照宮《にっこうとうしょうぐう》の流鏑馬など、何本もの、ビデオを見てみたが、いずれも三人の射手が、登場していて、一つか二つの的を、はずしていた。

それは、見物人たちの怒りになるのではなくて、拍手になっていた。失敗も、また、楽しい祭りの出来事だからだろう。

と、すれば、永谷礼一郎の一つの失敗も、それが殺人事件に発展したとは、十津川には、到底思えなかった。

「どうもわからないなあ」

と、十津川は、亀井に向かって、小さなため息をついた。

「何といっても、殺しだからねえ。それに比べて、流鏑馬神事は、大事な行事だが、それを、一つ失敗したとしても、殺人事件に、発展するような、致命的なものとは、到底思えないよ」

「私にも、思えません」

と、亀井が、いった。

「しかし、何か、つながりがあるような気がして、仕方がないんだ」

と、十津川は、いった。

第三章　残酷なゲーム

1

事件が起きると、警察（捜査本部）には、さまざまな情報が、寄せられてくる。中には、冷やかしや、からかいの情報もあるが、警察が欲しい、事件に関係する情報も、含まれている。

八月に入ってすぐ、東京の捜査本部に、かかってきた電話も、その一つだった。藤田《ふじた》慶一《けいいち》という名前の男からで、京都で殺された、坂井京子について、話したいことがあるので、会って欲しいというものだった。

十津川は、亀井と二人で、すぐ等々力にある、藤田慶一の家に、出かけて行った。三階建ての、鉄筋コンクリートの、大きな家で、邸《やしき》の前の、大きな車庫には、これ見よがしに、高級外車が、三台並んでいた。

十津川たちは、三階にある、見晴らしのいい応接室に、通された。

藤田は六十歳ぐらいで、小柄だが、赤ら顔の、精悍《せいかん》な顔をした、男だった。

藤田は、十津川たちに向かって、まず、坂井京子と、彼女の仲間たち、三人の悪口を、いい始めた。

「ひどい連中ですよ。私は、連中に、六千万円、だまし取られました」

と、藤田は、いった。

「だまし取られたと、いうのは、穏やかじゃありませんね」

と、十津川は、いった。

「結果的に、そうなったんだから、そういわざるを、得ないんですよ。まあ、私にとって、六千万円という金は、たいした額じゃありませんが、その手口が、悪辣《あくらつ》なので、腹が立って、仕方がないんですよ」

と、藤田は、自慢とも、怒りともつかない、いい方をした。

「どういうことなのか、詳しく、話してくれませんか？」

と、十津川は、いった。

「長い話に、なりますが、かまいませんか？」

と、藤田は、いった。

「どうぞ」

十津川は、うながした。

「まず、私自身のことから、お話ししなくてはなりません。私は、あるグループの社長を、やっていましてね。今は、不景気だといっていますが、そんな中で、現在の日本は、二つに分かれていると、思っているんです。勝ち組と、負け組ですよ。つまり、この不景気でも、金を儲《もう》けている人間と、損をしている人間が、いる。まあ、私なんかは、勝ち組に、属していると思っています。このデフレの世の中でも、儲けようと思えば、儲かるんですよ」

と、藤田は、また、自慢そうに、いった。

亀井は、嫌な顔をしていたが、十津川は、

「続けてください」

と、先をうながした。

「私は、ここ五年間、続けて、何億という税金を、払っています。それだけ、国に、貢献しているということですよ。ただ、何年も、儲かっていると、それが、普通のことになってしまって、努力しなくても、金が、自然に入ってくる。嫌味に聞こえるかも知れませんが、それが、退屈でしてね。面白くない。何か、刺激のあることがないかと、考えるように、なってしまっていたんです」

と、藤田は、続けた。

亀井が、ますます、嫌な顔をしている。そんな顔を、十津川は、ニヤニヤ笑いながら見ていたが、

「それで、例の四人組と、接触したんですか？」

「二年前でしたかね。私は、ラスベガスに遊びに行きました。私も、バクチは嫌いじゃありませんから、一度くらいは、ラスベガスに行って、大きなバクチを、やってみたいと、思いましてね。その時、向こうで、坂井京子たちと会いました。いつも、一緒になって、行動していましたね。坂井京子は、四十代でしたが、なかなか、魅力的な女性でね。話すことも、面白かった。女にしては、珍しく、大きな金額を、どかんと、賭《か》けましてね。なかなか、度胸のある女だと、思いました。こちらは、初めて、ベガスに行ったので、最初は、彼女が、いろいろと、指南をしてくれました。彼女の指南で、私もベガスで、いろいろと賭けましたが、あの時は、一千万ぐらい、損しました。でも、後悔は、しなかった。面白かったですよ。問題は、日本に帰ってきてからなんです」

「日本に帰ってからも、彼女と、付き合いがあったんですか？」

と、十津川は、きいた。

「別に、付き合おうとは、思っていなかったんですが、私は、ちょっと競馬をやるので、競馬場に行ったら、そこにきた、彼女がいたんですよ。馬主席でしたね。何でも、彼女と連れの三人は、それぞれ、何頭か馬を、持っているということでした。府中の東京競馬場でも、坂井京子と連れの三人は、ちょっとした、有名人でしたね。よくいうじゃありませんか、ボストンバッグに、一万円札を、詰め込んできて、ドンと、賭けるというヤツですよ。彼女たちは、そんな連中だったんです。その時は、私も、自分の馬に賭けて、それが勝ったので、嬉《うれ》しくて帰りに連中と一緒に食事をして、クラブで、遊びました。銀座にある、坂井京子のクラブです」

と、藤田はいった。が、なかなか核心に触れてこない。それでも、十津川は、辛抱して、

「それから、どうなりました？」

と、きいた。

「それから二、三日して、彼女の家に、招待されましてね。そこで、麻雀《マージャン》に、誘われたんですよ」

と、藤田は、いった。

「私も、麻雀は、昔からやっていたので、すぐ応じたのですが、最初は、まあちょっと高いぐらいの、レートでやって、五、六万円儲かりましたかね」

と、いってから、藤田は、

「こりゃ、まずいですかね。警察に、聞かれると、バクチになるから」

十津川は、笑って、

「私は、その方面の刑事では、ありませんから、聞き流しますよ」

と、いった。

「その後が、大変だったんですよ。彼女が、こんなものじゃ、つまらないと、いい出しましてね。もっと大きく、賭けようと、いうんですよ。私もすぐ賛成しました。といっても、まあ、せいぜい、何十万単位だと、思いましてね。ところが、一勝負に、一千万円、賭けるといい出したんです。女の坂井京子が、そういうので、私も、後に引けなくなりましてね。どんな手でもいいから、振り込めば、一千万円払う。上がれば、一千万円もらう。そういう決めで、麻雀を、やり始めたんです。始めたら、刑事さんにはわからないでしょうが、だんだん、熱くなってきましてね。徹夜になって、夜が明けた時、私は、六千万円も、損していた。今になってみると、あれは、どう考えても、連中が組んで、私を引っかけたとしか、思えないんですが、証拠がない。それに、あんなバクチを、やっていたことが、知れたら、私も、逮捕されますからね。だから、文句もいえない。あの連中は、そういう、ヤツらなんですよ。まず、坂井京子が、女の色気を、振りまいて、カモを、見つけて誘い込む。そして、今度は、四人が一緒になって、巻き上げるんです」

と、藤田はいった。

「その四人と、賭け麻雀をして、六千万円も、取られたというのは、間違いないんですか？」

十津川は、念を押した。

「間違いありませんよ。それも、だまされてね」

と、藤田は、いった。

「訴える気は、ないんですか？」

と、亀井が、きいた。

藤田は、大げさに、肩をすくめて、

「今も、いったじゃありませんか。私も、バクチをやったんですよ。だまされたのは、わかっていますが、訴えたら、私が、捕まってしまう。それに、坂井京子が、殺されたでしょう？　それと、もう一人も。今は、ざまあみろという、気でいますよ」

「坂井京子は、京都で殺され、石川一也は、東京で殺されましたが、あなたは、二人が殺された理由が、わかりますか？」

十津川が、きいた。

「もちろん、わかりますよ」

と、藤田は、いった。

「きっと、私と同じように、ひどい目に遭った人間が、いっぱいいるんだ。その中の一人か二人が、連中に、復讐《ふくしゅう》したんじゃありませんか？　私は、そう思ってますよ」

「あなたの知り合いで、あの四人に、ひどい目に遭った人を、知りませんか？　もし、知っていれば、話を聞きたいのですが」

十津川が、いった。

「いや、それが、知らないんですよ。もし、知っていれば、もちろん、紹介しますがね」

2

その二日後、今度は、白井文子《しらいあやこ》という、女性から、電話が入った。死んだ父親のことで、ぜひ、話がしたいと、いうのである。

十津川と亀井は、彼女の住む、世田谷のマンションに、出かけていった。

白井文子は、三十二、三歳の女性で、硬い表情で、

「亡くなった、父のことで、どうしても、聞いていただきたいことが、あるのです」

と、いった。

「電話でも、そういわれましたね」

と、十津川は、いった。

文子は、一枚の写真を、十津川たちに見せた。六十代の男の写真で、

「これが、亡くなった父です」

と、いった。

「父は、二十年前から、練馬《ねりま》で、精密機械の工場を、経営していたんです。中小企業でしたけど、会社独自の発明も、何点かあって、経営はずっと、黒字でした。それでも、この不況に、勝つために、どうしても、一億五千万円を出して、アメリカから、新しい工作機械を、購入する必要があったんです」

と、文子は、話し始めた。

「それで、いつも、取引をしている銀行の、支店長に、融資を、お願いしたんですが、経営が黒字なのに、銀行は、すぐには、支援をしてくれませんでした。それどころか、今まで、貸していた融資をまとめて返せと、いい始めたんです。父は、困ってしまいまして、とにかく、一億五千万円の新しい融資がなければ、二十年間、続けてきた会社を、たたまなければならない。何回も、銀行の支店長さんに、頭を下げたのですが、うまく、行きませんでした。そんな時に、あの人たちが、父に近づいてきたんです」

と、文子は、いった。

「この四人ですね？」

と、十津川は、坂井京子たち四人の名前を、メモに書いて、文子に、見せた。合わせて、四人の写真もだった。

文子は、うなずいて、

「ええ、この人たちです」

「どんなふうに、おとうさんに、近づいてきたんですか？」

亀井が、きいた。

「それが、よくわからないんですけど、父は、こんなことを、いっていました。ため息まじりでしたけど『この不景気な世の中でも、あるところには、あるんだなあ。今度、知り合いになった四人の人たちなんだが、いずれも、大金を持っていて、その使い道に、困っていると、バチ当たりなことを、いっていたよ』って」

と、文子は、いった。

「それから、どうなったんですか？」

「そのうち、父が、こういうんです。いつか話した四人の人が、私に、一億五千万円融資してもいいと、いってくださっているんだって。私は、それを聞いて『よかったじゃないの』といいました。ところが、父は、ひどく困惑した表情になって『それがいろいろ妙な、条件があってね』とだけ、いったんです。私は、それがよくわからなくて、今、不景気な世の中だから、一億五千万円も、融資してもらえるのだから、いろいろと、難しい条件をつけてきているのだろうと、思いました。でも、銀行が、貸してくれる時も、条件は、厳しいですから、そんなことで、父が困っているとは、思いませんでした」

と、文子は、いった。

「それで、この四人組は、どんな、条件を、おとうさんに、出してきたんですか？」

と、十津川は、きいた。

「父は、私に心配を、かけまいとしたのでしょうか、条件については、私には、いわなかったんです。そのうちに、突然、父が、自殺をしてしまいました。去年の、夏のことです。そのうえ、父が、二十年間経営していた会社も、土地も、すべて、四人の中の、笠原卓という人の、名義になってしまっていたんです。それには、父がちゃんと、署名をしていますから、父も、同意したのだと思います。その会社と土地は、一億円で、売られてしまいました」

と、文子は、唇をかみしめた。

「それで、どうして、おとうさんに、突きつけられた、四人の条件が、わかったんですか？」

と、十津川が、きいた。

「亡くなった後で、父の遺書が、見つかったんです。私宛ての、遺書でした。それで、この四人が、父に、どんな条件を、出していたのかが、わかりました」

と、文子が、いった。

「それを、話してください」

十津川が、うながした。

「父は、仕事一途《いちず》の人でしたけど、唯一の趣味が、ビリヤードだったんです。大学時代、学校の近くに、ビリヤード場があって、そこでよくやっていて、父の、唯一の、趣味になったんだと、思います。私の家は、練馬にあったのですが、地下に、ビリヤード室が、ありました。そこで、父は、時々、友人を集めて、ビリヤードを、やっていましたし、私も、父に教わって、少しやったことが、あります。四人は、父に、一億五千万円を融資するが、その代わりに、賭《か》けをやろうといったんです」

「賭けですか？　何の賭けですか？」

と、十津川が、きいた。

「それが、父の唯一の趣味の、ビリヤードで、賭けようというんです。ナインボールというゲームをご存じですか？」

文子がきいた。

「確か、1の玉から、順番に、撞《つ》いていって、最後に、9の玉を、落としたほうが勝ち、という競技じゃありませんか？」

と、亀井が、いった。

「ええ、いちばんオーソドックスなゲームなのですけど、四人は、それをやろうというんです。もし、父が勝てば、一億五千万円を、黙って融資する。その代わり、父が負けたら、会社も、土地も、すべて、四人のものになるという賭けなんです」

「ムチャクチャだな」

　十津川が、いった。

「父も、ムチャクチャだと思ったはずです。でも、一億五千万円なければ、会社は、潰《つぶ》れてしまうんです。その差し迫った気持ちを、四人は知っていて、わざと、そんな賭けを、持ち出したんです。そうに、決まっています。そして、父も、最後には、その賭けに、応じたんです。相手は、四人の中で、いちばん若い、南条という人が、キューを、握りました。ある日、家の地下で、一億五千万円を賭けた、ナインボールが、始まったんです」

「それに、おとうさんは、負けたんですね？」

「ええ。負けたからこそ、全部、四人に、取られてしまったんです。負けたのも、当然だと思いますね。だって、父は、プロじゃありませんし、それに、一億五千万円が、かかっているんです。会社も、家族も、かかっているんです。どうしたって、緊張してしまう。緊張してしまえば、実力が、出ません。それに対して、四人のほうは遊びなんですよ。一億五千万円を、賭けた遊びを、やっていたんです。だから、面白がって、やっていたに、決まっています」

　文子は、悔しそうに、いった。

十津川は、そのゲームを想像することが、できた。一億五千万円を、賭けたゲームだ。坂井京子たち四人は、文子のいうように、たぶん、その競技を、楽しんでいたろう。負けても、一億五千万円を、融資するだけで、元は取れるのだ。

それに対して、文子の父親のほうは、自分の運命がかかっているから、ガチガチになっていたろう。

もし、文子の父親と、南条直道の、ビリヤードの腕前が、対等だったら、勝負は、最初から決まっていたと、思わざるを得ない。きっと、文子の父親は、脂汗を浮かべながら、必死になって、玉を撞いていたに、違いない。

そして、緊張から、負けてしまったのだ。

「もし、お父さんの、遺書があれば、見せて、いただきたいのですが」

十津川が、いった。

「それが」

と、文子は、言葉を、つまらせて、

「あまりにも、悔しいので、焼いてしまいました」

と、いった。

「じゃあ、今は、ないのですか?」

「ええ。でも、坂井京子と、もう一人の石川一也という人が、殺されたと聞いて、父のことを、思い出したんです。それで、刑事さんにお電話しました」

と、文子は、いった。

「二人が、殺されたと知った時は、どう思いましたか？」

と、亀井が、きいた。

「きっと、父と同じような、目に遭った人がいて、その人が、犯人かと思いますけど、私は、その人が、仇《かたき》を討ってくれたんだと、思います」

と、文子は、いった。

3

もう一人、池永弘道《いけながひろみち》という男からの、連絡もあった。

池永は、面白い話を、聞かせるといって、電話してきたのだ。その面白い話を、聞くために、十津川と亀井は、池永の住む、田園調布《でんえんちょうふ》の高級マンションに、出かけて行った。

池永は、五十五、六歳の男で、宝石商をやって、成功しているといった。確かに、それらしく、十津川と亀井が、案内されたリビングは、きらびやかに、飾られていた。

池永自身も、大きな、ダイヤの指輪を、はめている。

「連中に会ったのは、二年前ですがね」

と、池永は、切り出した。

「連中は、こんなことを、いっていましたよ。人生には、勝ち組と、負け組がいるって。勝ち組のほうは、どんな時代でも、仕事でうまく儲《もう》けて、人生を楽しんでいる。自分たちは、その勝ち組だといって、威張っていましたね」

と、池永は、いった。

十津川は、どこかで、聞いたような話だなと思いながら、

「池永さんも、どうやら、同じ勝ち組だと、思いますが？」

と、いった。

池永は、ニヤッと笑って、

「まあ、こんなことを、いっちゃあ、何ですが、負ける人間は、負けるべくして負けたんで、勝つ人間は、勝つべくして勝つんだと、私は、そう考えています。どんな時代でも、いや、時代が、こんな不景気に、なればなるほど、その差は、歴然としているんですよ」

と、いった。

「それで、あなたは、あの連中と、気が合ったんですか？」

と、亀井が、皮肉を込めて、いった。

池永は、小さく、首を横に振って、

「いや、私は連中ほど、冷たくはない」

と、いった。

「連中は、どんなふうに、冷たいんですか？」

「連中が、どんなふうに、商売しているのかは、わかりませんが、とにかく、金を、持っていましたねえ。そのうえ、これが、私といちばん、違う点なんだが、人生に、退屈していましたよ。その退屈を、紛らわせるために、最初は、ラスベガスに行って、遊んでいたらしいが、それも、だんだん面白くなってきたんでしょうね。私と会った時には、妙な賭《か》けをやって、楽しんでいましたよ」

「どういう、賭けですか？」

と、十津川が、きいた。

「人間の心を、賭けるんです。連中にいわせると、それが、いちばん面白いといっていた」

と、池永は、いった。

その言葉で、十津川は、白井文子のことを、思い出した。連中は、文子の父親が、一億五千万円を、必要としていることを、知って、その一億五千万円で、彼女の父親の心を、弄《もてあそ》んだのだ。文子は、そういっていた。

「あなたも、連中の遊びに、参加したんですか？」

「喜んで参加した、と思われちゃ困るんだが、まあ、引きずり込まれた、といったほうが、適当かな。二回ほど、遊びましたよ。いや、二回つき合わされた」

と、池永は、いった。

「それを、具体的に、話してくれませんか？」

と、十津川は、いった。

「彼らが、標的とする人間は、貧乏人じゃないんです。彼らは、いつも、いっていました。貧乏人を、からかったって、ちっとも、面白くない。だから、相手は、ある程度の、金持ちで、金に困っているそんな相手が、標的なんです。それも、百万円単位じゃないんです。何千万、時には、億単位の金を、欲しがっている相手が、標的なんです」

「ですから、それを、具体的に話してください」

と、十津川は、いった。

「ある時、大金を、必要としている人間がいましてね」

と、池永が、いった。

「一億五千万円を欲しがっていた、工場主じゃないんですか？」

と、亀井が、いった。

池永は、首を、ちょっとかしげて、

「そんなことも、あったんですか？」

「いや、とにかく、そちらの話を、聞きたい」

と、十津川が、いった。

「銀座で、クラブをやっていた、ママがいましてね。五十代だが、なかなかの美人だった。坂井京子の、知り合いじゃなかったかなあ。有名なクラブでしてね、有名人が、よく遊びに来ていたらしい。ところが、この不景気で、うまく行かなくなった。しかし、ママは、何とかして、店を続けていきたい。そのためには、今までのクラブを、大きく改造して、新しいホステスも、雇いたい。そのためには一億円の金が要る。そういう状態でした。それに、連中が、目をつけたんですよ」

「どんなふうに、目をつけたんですか？」

「連中は、彼女の必要としている一億円を、ポンと現金で貸そうと、申し出たんですよ。もちろん、ママは、喜びましてね、すぐその話に、飛びついたんですが、その時、連中は、一つの条件を持ち出したんです。要するに、賭けですよ」

と、池永はいった。

「どんな賭けですか？」

「それが、何とも簡単だが、簡単なだけ、そのママには、残酷な賭けでした。つまり、数寄屋橋《すきやばし》のネオン街を、裸になって、二百メートル歩けというんですよ。もし、歩いたら、一億円貸すというのです」

「歩けなかったら？」

　と、亀井が、きいた。

「その時は、もちろん一億円は、貸さない。それに、ママの持っているすべての財産を差し出す、という賭けでした。その頃、ママは、マンションや店は銀行に、抵当として、取られていましたから、持っているものは、長年かかって、手に入れた、宝石でしたね。素晴らしい、宝石ばかりでしたよ。買った時は、二億円か、三億円は、したんでしょうが、売るとなると、五、六千万円にしかならない、それを、連中はいいましてね。こんなにワリのいい賭けはないでしょう、ＯＫしなければ、バチが当たりますよと、ママにいったんです」

「それで、ママは、受けたんですね？」

「最初は拒否しました。当然でしょう、そんな恥ずかしいことを、誇りのある、銀座のママが、できるわけがない」

「それで、連中は、どうしたんですか？」

「そうしたら、一億円を、二億円に値上げしたんですよ。二億円あれば、楽に店は改造できるし、昔のように、うまくいくかも知れない。そう思わせたんですね。そして、とうとう、ママは、この賭けに乗ったんです。あれは、去年の、ゴールデンウィークの、少し前だったと、思いますね。ある夜、ママは決心して、店の近くを、二百メートル、裸で歩いてみせると、連中にいったんです。ママは素面《しらふ》ではできないので、裸になる前に、好きなブランデーを飲みましてね。着物を脱いで、歩き始めたんです」

「それで、うまくいったんですか？」

と、亀井が、きいた。

「うまくいくには、ママのプライドが、許さなかったんでしょうね。十五、六メートル、歩いたところで、ママは、しゃがみ込んでしまって、もうできないといったんです。それで、賭けは、負けました」

「それで、宝石は、全部取られてしまったんですか？」

「そうですよ。全部、巻き上げられてしまったんです。ママにしてみれば、二十年かかって、手に入れた宝石が、すべて、なくなってしまったんです。たぶん、一つ一つの宝石に、思い出が、あったんでしょうね。ママは、すっかり参ってしまって、郷里に、帰ってしまいました。その後、どうしているか、わかりません」

と、池永は、いった。

亀井は、皮肉な目つきになって、

「あなたも、それを、楽しんでいたんじゃないんですか？」

と、いった。

「あの時はね」

と、池永は、うなずいてから、

「その後、二回目の、妙な賭けに、付き合わされて、それで、完全にイヤになって、連中と、手を切ったんです」

と、いった。

「二回目の賭けというのは、どういうものですか?」

十津川がきいた。

「新宿《しんじゅく》三丁目に、清月という、和菓子店が、あったんです」

と、池永が、いった。

「名前は知っていますよ。でも、今はなくなったんじゃないかな」

と、亀井が、いった。

「そうですよ。連中が、店を潰《つぶ》したんです」

「それを詳しく話してくれませんか?」

と、十津川は、いった。

「あの清月という店は、三代続いた、有名店でしてね。今の社長になって、ちょっと、おかしくなったんです。この社長というのが、なかなかの、遊び人でね、バクチはす

るし、女遊びもする。たまたまラスベガスに行った時、あの四人と、知り合ったんで
す。帰ってからも、付き合いがあった。それに、私も加わりましてね。六人で飲んだ時に、人生は賭《か》けだという話に、なったんですよ。たぶん、あれは、四人が、そういうふうに、話を持っていったんだと思いますね。清月のオヤジも、いっぱしの、遊び人だと、自負しているもんだから、連中の話に、乗っちゃって、自分も、人生は賭けだと思うと、いい出しましてね。だんだん、話が大きくなって、命を賭けるような、大きな賭けを、してみたいということに、なってしまったんです。これも、あの連中が、そういうふうに話を持っていったんです。私は、前の事件のことがあるので、ハラハラしながら、見ていましたがね。そして、結局、妙な賭けの話に、なってしまったんです」

「その妙な賭けとは、どんなことだったんですか？」

「それが、トランプを使った、簡単な賭けなんですよ。五十二枚の札の中から、一枚引いて、数の大きいほうが、勝ちという、すこぶる、簡単なゲームなんです」

「それに、大金を、賭けたんですか？」

と、十津川が、いった。

「そうです。清月のオヤジが、一億円を賭ける。そして、私たち五人は、一人五千万円ずつ出して、合計二億五千万円賭けるんです。もし、清月のオヤジが勝てば、二億

五千万円が、手に入る。負ければ、一億円だけ、払えばいい。そんな賭けです」

「清月のオヤジさんに、有利な賭けじゃありませんか？」

と、亀井は、いった。

「だから、あのオヤジも、つい乗ってしまったんですよ。二億五千万円あれば、店も大改装できるし、支店も出せますからね」

「その賭けは、いつ行われたのですか？」

と、十津川はきいた。

「去年の十一月頃じゃなかったですかね。箱根《はこね》にある、笠原の別荘で、やったんです。四人と私は、それぞれ、すぐ、現金化できる小切手を、書いてテーブルの上に、置きましたよ。清月のオヤジは、一億円の現金が作れないというので、店の権利書を持ってきたんです。それをテーブルの上に、置きましてね。トランプが用意される。四人は、完全に、面白がっていましたが、清月のオヤジは、青い顔をしていましたよ。そりゃそうでしょう。ヘタをすれば、自分の店が、なくなってしまうんですから」

「あなたは、どうだったんですか？」

亀井がきいた。

「興奮していなかったといえば、ウソになりますがね。しかし、真っ青な顔をしている、清月のオヤジの顔を、見ていると、これは、残酷だなと思いましたね」

「でも、止めなかったんでしょう？」

「あそこまでいったら、止められませんよ。それに、清月のオヤジが、負けるとは、限っていないんです。勝てば、二億五千万円もの大金が、手に入るんですよ」

と、池永は、いった。

「それで、清月のオヤジは、負けてしまったんでしょう？　だから、今、店はなくなった」

と、十津川は、いった。

「そうなんです。清月のオヤジが、ハートの9を引きましてね。それから、こちらを、代表して坂井京子が、カードを引いたら、クローバーの10だったんです」

池永は、小さく、ため息をついてみせた。

「インチキは、なかったんですか？」

と、十津川が、きいた。

「わかりませんね。しかし、私が見ていた限りでは、インチキは、なかった。だから、清月のオヤジは、運が悪かった、ということになるんですよ。でも、あそこまで、追いつめるというのは、間違っている。そう思ったから、連中と、手を切ったんです」

と、池永は、いった。

「それで、清月は潰れたんですが、清月のオヤジさんに家族は、いなかったんですか？」

と、十津川は、きいた。

「奥さんと娘さんが、一人いたんじゃなかったかなあ。娘さんは、もう結婚していましたがね」

「その後、どうなったんですか？」

と、亀井が、きいた。

「どうなったかは、知りませんね。とにかく、清月という、老舗《しにせ》の店が、潰れてしまったんです。私が知っているのは、それだけですが、連中のうちの、二人が、殺されたのを知って、彼らを恨んでいる人がたくさんいて、その中の誰かが、仇《かたき》を討ったんじゃないかと、思いますよ」

と、池永はいった。

4

藤田慶一、白井文子、そして、池永弘道の三人の話が、捜査会議で、紹介された。

「連中は、金にあかして、何人かの人間を、賭けに誘い込み、その心を、弄《もてあそ》んだんです」

と、十津川は、三上本部長に、向かっていった。

「しかし、これを犯罪だと、断定するわけにはいきません。相手もまた、合意の上で、連中の賭けに、応じているわけですから」

「だが、結果として、現在までに、二人の人間が、殺されているんだろう。それは、今、君のいった、妙な賭けのせいだと、いえるんじゃないかね？」

と、三上本部長がいった。

「そのとおりです。四人の賭けに、応じた人間が、全財産を巻き上げられたり、自殺したりしています。当然、深い恨みを、四人に対して持ったと思います。それが、動機になって、二つの殺人事件が、起きたに違いありません」

と、十津川は、いった。

「じゃあ、この中に、犯人が、いるんじゃないのかね？」

三上は、黒板に、書かれた名前を、見て、いった。

藤田慶一は、賭け麻雀《マージャン》で、六千万円の金を、連中に奪われている。白井文子の父親は、同じように賭けに応じて、二十年間やってきた会社を奪われ、自殺した。

また、池永弘道の話によると、連中の賭けに、応じた銀座のママと、新宿三丁目の和菓子店の主人が、大ケガをした。

銀座のママの名前は、三木綾子《みきあやこ》である。そして、清月の主人の名前は、小川新吉《おがわしんきち》、六十歳、妻の辰子《たつこ》、五十七歳、娘の久子《ひさこ》、二十八歳は、結婚して、横浜《よこはま》で、夫と子供と、三人で暮らしている。

果たして、この中に、犯人がいるのだろうか？　坂井京子と、石川一也を殺した犯人がである。

「その点、君は、どう思っているのかね？」

と、三上がきいた。

十津川は、黒板に書かれた名前を、もう一度見直してから、

「連中に被害を受けた人たちは、一様に、二人の人間が、殺されたことを喜んでいます。しかし、だからといって、この中に、犯人がいるかどうかは、わかりません。それは、これから、調べようと思っています」

と、いった。

翌日から、黒板に書かれた人間の、身辺調査が、始まった。

まず、藤田慶一の、身辺調査を行った、西本と日下が、十津川に、報告した。

「藤田の評判は、よくありませんね」

と、西本がいった。

「一応、グループ会社の社長として、成功しているのですが、どうも、商売のやり方が、汚いらしいんです。それで、同業者とも、彼の取引先とも、あまりうまくいって

いません」

「金に汚いということかね？」

　十津川が、きいた。

「そうです」

　と、日下が、いった。

「だから、連中の誘いに乗って、賭《か》けに、応じたんじゃありませんか？」

　と、亀井が、笑った。

「金に汚いとすると、六千万円でも、藤田は根に持っていたんじゃないだろうか？」

　と、十津川が、いった。

「それは、十分に考えられますが、藤田には、アリバイがあるんです」

　と、西本が、いった。

「京都で、坂井京子が、殺されたのは、四月二十七日だったな」

　と、十津川が、いった。

「藤田ですが、彼は、四月二十六日に、九州の博多《はかた》に、商売で出かけています。そして、帰って来たのは、四月二十七日の、午後十時でした。これは、証人がいます」

「間違いないんだな？」

　と、十津川が、念を押した。

「四月二十七日ですが、藤田は、午後の最終の飛行機で、福岡空港を出発して、会社に帰って来ています。これも、証人がいますから、間違いありません」

と、西本はいった。

「その商売に、藤田は、一人でいったのか？」

と、亀井がきいた。

「そうです。二日間の取引相手にも、電話をかけて、証言を取りました。ですから、藤田は動機がありますが、坂井京子殺しには、無関係だと思います」

と、西本は、いった。

「しかし、金を使って、誰かを雇って、坂井京子を殺したことも、考えられるんじゃないか？」

と、亀井が、いった。

「それは、可能性としてはありますが」

と、日下は、首をかしげて、

「藤田という男は、金に細かいですからね。大金を使って、人を雇ってまで、殺しはやらないと思います」

と、いった。

白井文子について、調べていた、三田村と北条早苗が、十津川に報告した。

「白井文子は、現在、亡くなった、父親の知り合いの、やっている建設会社で、働いています。経理の仕事を、やっていますが、そこでの評判は、なかなかいいですよ。真面目だし、父親があんな目に遭ったのに、しっかりと頑張っている、ということでした」

と、三田村が、いった。

「白井文子がわれわれに話したことは、間違いないんだな？」

と、十津川が、きいた。

それに対して、北条早苗が、

「白井文子は、問題の賭けについて、誰にも話していませんから、誰も詳しい事情は知りません。ただ、彼女の父親が、事業に失敗して、自殺したことは、多くの人間が、知っていました」

「それで、白井文子が、犯人だという、可能性は、あるのかね」

と、十津川が、きいた。

「その可能性は、あまり、高くないと思います」

早苗が、いった。

「その理由は？」

十津川がきいた。

「それは、白井文子の性格です。誰にきいても、しっかりしているが、優しい性格で、父親の仇《かたき》を討つために、人殺しをする、とは思えないのです」

と、早苗は、いった。

「彼女は、結婚していないんだろう？」

と、十津川はきいた。

「そうなんです」

「理由は？」

「母親が早く亡くなったので、父親の面倒を、見ているうちに、三十歳になってしまった、そんな感じですね」

と、早苗が、いった。

「それなら、父親を、とても愛していたんだろう？　仇を討つ気が、起きたとしても、おかしくないんじゃないか？」

と、亀井が、いった。

「そのとおりですが、今もいいましたように、彼女の性格には、仇を討てるような、荒々しいところがないんですよ。それに、自殺した父親のほうにも、賭けに応じたという、弱みがありますからね。私には、彼女が二人の人間を、殺したとは、思えないのです」

と、早苗が、いった。

「アリバイのほうは、どうなんだ？」

と、十津川がきいた。

「石川一也のほうは、東京で、殺されていますから、その時の、白井文子のアリバイは、あいまいです」

と、三田村は、いった。

「問題は、四月二十七日の、京都の殺人事件のほうですが、白井文子は、この日は、東京にいたといっています」

「東京にいたというのは、間違いないのかね？」

「その日ですが、父親の知り合いの建設会社で、九時まで仕事をして、そのまま、世田谷の自宅マンションに帰ったといっています。その後は、外出していないそうですが、それについての証人はおりません。しかし、彼女の話から見て、彼女が、京都に行って殺人を犯したとは、とても思えません」

と、三田村も、いった。

三人目の池永弘道については、池永に、殺意はないとしても、彼の話した、二人の人間のことが、問題だった。

四人のために、銀座を追われて、郷里に帰ったクラブのママと、新宿三丁目にあった、和菓子店、清月の、主人の話である。

この二件については、田中と片山《かたやま》の、二人の刑事が、調べてきた。

「まず、銀座のママについて報告します」

と、片山が、いった。

「問題のママは、名前は、三木綾子です。年齢は五十八歳。二十年間、銀座の同じ場所で、クラブ『あや』をやっていました。美人で、ピアノも弾けるし、絵もたしなむというので、かなりの有名人が、店に来ていました。彼女自身は、ずっと独身で、今も、家族はおりません。現在、綾子は、郷里の福井県に帰っていますが、そこで、小さな小料理屋をやっていると聞いています。私たちは、銀座の店で、働いていたという、マネージャーとホステスに会って、話を聞きました」

と、田中は、いった。

「それで、感触は？」

十津川が、きいた。

「マネージャーは、『あや』で十年も、働いていたという男で、問題の賭けについては、うすうす、気づいていたようです。何か、危険なことを、やっているなとは、思っていたと、私に証言しました。しかし、その内容はよくわからなかった。そして、突然、ママは、店を閉めて、郷里の福井に、帰ってしまった。従業員に対しては、中し訳ないという手紙が、残っていたそうです。ママの性格ですが、マネージャーも、ホステスも、同じように、明るくて、気丈な女性だ、と表現しています。しかし、その一方で、ポッキリと折れるようなところがあって、そのために、突然、店をたたんで、郷里に帰ってしまったのではないかと、ホステスは、思っていたそうです」

「三木綾子が、恨みを晴らすために、坂井京子と、石川一也を、殺したということは、考えられないのか？」

「考えられません」

と、田中は、あっさり否定した。

「理由は、何だ？」

と、亀井が、きいた。

「店をたたんで辞める時、マネージャーとホステスの二、三人に、別れをいってから、福井に帰ったらしいのですが、その時は、すっかり参ってしまって、十歳ぐらい、急に老けたように見えたそうです。そんな状態では、仇討ちは、とてもできないと、私は思います」

と、田中は、いった。さらに言葉を続けて、

「たとえば、彼女に、若い恋人がいれば、その男が、彼女に代わって、仇を討つということも考えられますが、彼女は、ずっと独身で、若い時は、男の話もあったようで

すが、最近は、そんな話は聞いていないと、マネージャーもホステスも、証言しているんです。ですから、彼女が、犯人ということは、ちょっと考えにくいんです」

と、いった。

新宿三丁目の、清月の主人については、片山が、報告した。

「問題の清月ですが、三代続いた老舗《しにせ》で、問題の主人は小川新吉、六十歳、妻の辰子と、すでに、結婚している娘がいます。現在、小川と妻の辰子は、彼女の実家のある横浜に、帰ってしまっているので、私たちは、横浜に会いにいきました」

と、片山は、いった。

「辰子の実家は、横浜で、小さな中華料理店をやっています。小川は、その店の手伝いをしてはいますが、熱が入らず、辰子たちは、困っているようでした。彼女にいわせると、例の事件以来、人間が、すっかり変わってしまったそうです」

「それで、小川は、問題の賭《か》けについて、どういっているんだ？」

「最初は、なかなか、賭けについては、話しませんでした。しかし、池永の話を、聞かせると、やっと、その賭けを、認めましたよ。小川は、どうして、あんな賭けに応じたのか、今でも、わからないといっていましたね。すごく後悔していましたよ。もちろん、後悔したって、おそいんですが」

と、片山は、いった。

「奥さんは、問題の賭けのことを、知っていたかね？」

と、亀井が、きいた。

「知っていました。小川は、仕方なく話したんじゃないですか？」

と、片山が、いった。

「小川夫婦と娘夫婦がいるんだったね。その四人の中に、二人を、殺した人間がいると、感じたかね？」

と、十津川が、きいた。

「わかりません。何しろ、三代続いた老舗の店を取られたんですから、その恨みは、強いと思います。しかし、今もいったように、主人の小川のほうは、完全に、無気力になってしまっていますからね。あの状態で、二人もの人間を、殺せるとは、とても思えません」

と、片山は、いった。

「奥さんのほうは、どうなんだ？」

と、亀井が、きいた。

「五十代の小柄な女性でしてね。外見からは、とても殺人はできない、と見ましたが、これはわかりません」

「それで、アリバイのほうは、どうなんだ？」

と、十津川が、きいた。

「坂井京子が殺された四月二十七日のアリバイですが、夫婦とも、京都には行っていないといっていますが、夫婦が、口裏を合わせていることも、考えられますから、このアリバイは、ちゃんとしたものではありません。石川一也殺しの、七月のアリバイですが、横浜から、東京まで、車を飛ばせば、一時間で着きますから、こちらのアリバイも、あいまいなままです」

「とすると、犯人であるかも知れないんだな？」

と、十津川が、きいた。

「二人に話を、聞いている分には、なかなか犯人とは思えませんが、もちろん、人間は、わかりませんし、今いったように、アリバイがあいまいです。ですから、容疑者から、除外はできないと、思います」

と、田中も、片山も、いった。

5

犯人が見つからないまま、夏に入った。

秋になれば九月十四日から、鎌倉八幡の、例大祭が始まる。そこでは、問題の、流鏑馬《やぶさめ》が、行われるのだ。

十津川と亀井は、アメリカから帰ってきたという、永谷敬に、会うことにした。

六本木《ろっぽんぎ》のビルの、屋上にあるレストランで、会った永谷は、父親の礼一郎に似て、長身で、そのうえ、日焼けして、たくましく見えた。

「アメリカでは、何を、なさっていたのですか？」

と、十津川は、そんなことからきくことにした。

永谷は、笑って、

「まあ、何かを、勉強していたと、いいたいところですが、遊んでいましたよ。アメリカというところは、楽しいところですね。何でも、自由に遊べる」

と、いった。

「具体的に、どんなことを、していたんですか？」

と、十津川がきいた。

「実は、オヤジは、アメリカで、飛行機の免許を取りましてね。それで、僕も、オヤジに倣《なら》って飛行機の免許を、取りたいと思って、アメリカに行ったんです」

「それで、免許は取れたんですか？」

と、亀井がきいた。

永谷は、ニッコリして、

「取れましたよ」

と、その免許証を、見せてくれた。

「カリフォルニアで取られたんですね？」

「そうです。オヤジが、よく行っていたカリフォルニアの、航空学校に行って、そこで練習しました」

と、永谷は、いった。

「それで、日焼けしているんですか？」

と、亀井が、いった。

「それもありますが、ちょっと、フロリダのほうへ行って、サーフィンもやりましたから」

と、永谷は、また笑った。

「優雅ですね。うらやましい」

と、十津川が、いった。

「若い時は、一度しかありませんから」

と、永谷は、いった。

「こんなことは、おききしたくないのですが、おとうさんは、アメリカで、亡くなっていますね？」

「ええ、事故で、死んでいます」

「それでも、あなたは、飛行機の操縦を習ったんですか？」

と、十津川は、きいた。

「だからこそ、余計に、免許を取りたかったんですよ」

と、永谷は、そんないい方をした。

「これも、失礼な質問かも知れません。おとうさんの事故の件ですが、自殺ではないかという話を、聞いたことがあるんです。それについては、どう思われますか？」

永谷は、急に険しい目になって、

「なぜ、オヤジが、自殺をしなきゃいけないんですか？」

と、とがめるように、十津川を、見た。

「礼一郎さんは、運動神経が、優れていて、飛行機の操縦にも、慣れていたんじゃないですかね。それが、なぜ、山に激突して、死ぬようなことになるんでしょうか？　セスナの操縦というのは、ひじょうに、簡単だと聞いたのですが？」

と、十津川は、いった。

「それは簡単ですが、だからといって、事故が、起きないことは、ありませんよ。突風が、吹いてくることもあるし、エンジンの、故障ということも、ありますからね」

と、永谷は、いった。

十津川は、ポケットから、例の四人の写真を、取り出した。

「あなたに、ぜひ見てもらいたいものがあるんです」

といいながら、その写真を、永谷の前に、並べた。

「この四人の男女ですが、会ったことは、ありませんか？」

永谷は、四人の写真を、一瞥《いちべつ》してから、

「知りませんが、いったい、何者なんですか、この人たちは？」

と、きいた。

「まあ、いってみれば、金持ちの、道楽者ばかりですよ」

「それじゃあ、僕には、関係ない」

と、永谷は、笑った。

「あなたが、この四人に、関係がなくても、亡くなったおとうさんは、この四人と、知り合いだったんじゃありませんかね？」

と、十津川はきいた。

「じゃあ、父と同じ映画関係の人ですか？」

と、永谷がきく。

「いえ、違います。クラブのママだったり、リサイクルショップの経営者だったり、風俗営業で儲《もう》けたりした人間です。それに、後は、大企業の副社長だった父親の遺産を受け継いで、経営コンサルタントをやっていました。そんな連中です」

　と、亀井が、いった。

「それなら、オヤジとは、関係ありませんよ。オヤジは、もっぱら映画関係の人としか、付き合っていませんでしたからね。リサイクルショップの経営者や、風俗営業の人とは、関係なかったと、思いますよ」

　と、永谷は、いった。

「じゃあ、この女性は、どうですか？　坂井京子といって、銀座でクラブを経営していたんです。おとうさんは、このクラブに、遊びにいったことが、あるんじゃありませんか？」

　と、十津川が、きいた。

「それは知りませんが、僕は、見たことがないですね。この顔は」

　と、永谷は、いった。

「このうち、この女性と、こちらの、石川一也という男が、それぞれ、四月と七月に、殺されているんですよ」

　と、十津川が、いった。

「だから、どうなんですか？　まさか、僕に、関係があると、いうんじゃないでしょうね？」

と、永谷が、苦笑した。

「彼女は、京都で、四月二十七日に、殺されています。二人目の石川一也は、七月二十五日に、東京で、殺されているんです」

と、十津川が、いうと、永谷は、笑って、

「僕はその時には、アメリカにいましたよ。だから、僕には、まったく関係がない」

と、きっぱりと、いった。

「わかりましたが、申し訳ないんだが、あなたの、パスポートを、見せてくれませんか？」

と、十津川は、いった。

「つまり、アメリカにいた僕が、四月二十七日に、日本に帰ってきて、この女性を、殺したんじゃないかというんですね？」

「もちろん、そうじゃないとは、思っていますが、念のためです」

と、十津川は、いった。

「わかりました」

永谷は、うなずいて、ポケットから、パスポートを取り出して、十津川と亀井に、見せてくれた。

なるほど、去年の十二月二十八日に、アメリカに入国しているが、その後、四月二十七日以前の日本への、帰国スタンプは、なかった。

「わかりました」

と、十津川は、小さく、頭を下げて、パスポートを、永谷に返した。

その後で、亀井が、

「亡くなったおとうさんは、賭《か》け事が、好きでしたか？」

と、何気ない調子で、きいた。

「そうですね。遊びで、同じ俳優仲間と、麻雀《マージャン》なんかをやっていたようですが、元々、オヤジは賭け事が、嫌いなんです。だから、競馬も、やっていませんでしたね。まあ、付き合いでダービーの時は、馬券を、買っていたようでしたが」

と、永谷は、いった。

「あなたは、おとうさんの後を継いで、俳優に、なるつもりはないんですか？」

と、十津川は、きいた。

永谷は、笑って、

「僕は、俳優には、向いていませんよ」

と、いった。

その後、永谷は、友人に会う用が、あるといって、先に、店を出ていった。

十津川と亀井は、それを、見送ってから、

「カメさん、どう思うね？」

と、十津川が、きいた。

「いい青年じゃありませんか」

と、亀井が、微笑した。

「そういうことじゃないんだよ」

と、十津川は、いった。

「例の四人との、関係だよ」

「それはわかっていますが、今のところ、関係があるという証拠は、ありませんし、日焼けして、たくましい、あの青年を、見ていると、とても、殺人事件の犯人とは、思えません」

と、亀井は、いった。

「だがね」

と、十津川は、窓の外に、目をやった。

「どうしたんですか？」

と、亀井が、きく。

「何だか、あの青年が、嫌なことに関係しているような気がして、仕方がないんだよ」

と、十津川が、いった。

第四章　異　変

1

八月に入って、おかしないい方だが、事件は、静かになってしまった。

もちろん、十津川たち捜査本部は、必死になって、事件を追ってはいた。京都府警と協力して、四人組の二人を、殺した犯人の行方を、追っていたのである。

しかし、依然として、容疑者は浮かばず、それに、東京と京都で、立て続けに二人を殺した犯人も、なぜかここに来て、息を潜めてしまった。

捜査本部に、情報を届けてきた、藤田慶一、白井文子、池永弘道の三人、それに、例の四人組から、被害を受けたといわれる、元銀座のクラブのママ、三木綾子、それに、和菓子店「清月」の主人、小川新吉と妻の辰子、この六人を、引き続き調べているのだが、この六人が、坂井京子と、石川一也の二人を、殺したという証拠は、どうしても、見つからなかった。

また、四人組の残りの二人、笠原卓と、南条直道についても、もちろん、十津川たちは、その動静を、追っていた。

笠原についていえば、彼は、相変わらず、三鷹の豪邸に住んでいて、時々、新しい女を、その豪邸に呼んでは、優雅な生活を楽しんでいるらしい。

近くの派出所に、きいてみるのだが、怪しい人物が、豪邸に、近づいた気配は、なかった。

二人目の南条直道は、八月の上旬に、退院したが、それと同時に、前もって、購入していた伊豆《いず》半島の伊豆高原にある、別荘に移り住んだ。

十津川と亀井は、すぐに、その別荘を、訪ねてみた。

バブルが弾《はじ》けた今、二億円で、手に入れたというその別荘は、敷地五百坪、建坪が、百五十坪ぐらいある二階建てで、この近くには、何軒もの別荘が、建っていたが、その中でも、抜きん出て、豪華なものだった。

南条は、妻とは別居の形で、そこに一人で住んでいた。といっても、いつか、病院で見た三十代の若者が書生兼用心棒として同居しており、また、三十代の、ちょっと色っぽい、お手伝いも一緒だった。

どうやら、すべて、妻の美知子の、公認らしい。ということは、離婚はしていないが、完全に、別れているという状態なのだろう。

十津川たちが会った南条は、病院で見た時とは違って、すっかり明るく、たくまし

く、見えた。日焼けした顔で、

「毎日、海に行って、魚釣りやサーフィンを、楽しんでいますよ」

と、二人に向かって、いった。

「サーフィンが、できるんですか？」

と、亀井が、きくと、南条は、ニッコリして、

「ちゃんとした先生に、ついてますからね」

と、いった。

どうやら用心棒の若者が、その先生らしかった。

二階の、大きなリビングからは、明るい海が、見えた。窓を開け放すと、そこから、さわやかな海風が、入ってくる。

「どうです。ここにいると、いやでも、健康になりますよ」

と、嬉《うれ》しそうに、南条は、いった。

「こんな時に何ですが、坂井京子さんと、石川一也さんが、殺された件なんですがね」

と、十津川は、話しかけた。

南条は、小さく肩をすくめて、

「そりゃあ、あんたがたは、刑事だから、殺人事件の捜査を、進めるのは、結構だが、

ボクとしては、もう忘れたいんですよ」

　と、いった。

「しかし、仲のいい、お仲間が、二人も殺されたんだから、忘れようとしても、忘れられないでしょう？　それでですが、坂井京子さんと、石川一也さんを、殺した犯人に、どうしても、心当たりはありませんか？」

　と、十津川が、きいた。

　南条は、海に目をやったまま、

「そりゃあ、ボクたちは、無茶をしてきましたよ。金にあかしてね。これからも、無茶をやるかも知れない。しかし、自分たちが、殺されるなんてことに、まったく、心当たりは、ありませんね。そうでしょう？　ボクたちは、無茶はしたけど、人を、殺したりしたわけじゃないんだ。それに、金を持っている人間が、金を使って、どこが悪いんですか？」

　と、挑発するような口調で、いった。

「ここに引越されてからですが、脅迫の電話や、メールが、来たことはありませんか？」

　と、十津川は、きいた。

「まったくありませんね。何もありませんよ。とにかく、ここに来てからは、明るく元気にやっています」

と、南条は、いった。

その明るさに、ウソは、ないような、感じだった。

「今まで、無茶をしてきたといわれた。それは、何度も聞きましたよ。また、あなたがた、四人について、情報を、寄せてくれる人が、いるんです」

そういって、十津川は、藤田慶一たち三人に聞いた話を口にした。

それでも、南条は、ケロリとして、

「まあ、いろいろといわれますが、要するに、ボクたちは、賭《か》けをしただけですよ。それも、十万、二十万じゃなくて、何百万、何千万という、賭けをしたんです。人生そのものが、賭けですからね。それが、いけませんか？　法律に触れますか？」

と、また、挑戦的な口調になった。

亀井刑事が、それを聞いて、ムッとした顔になり、

「あなたたちは、大金をバラまいて、人の心を弄《もてあそ》んでいる。それがいいわけがないでしょう。たとえば、三木綾子という、クラブのママの自尊心を、ズタズタに引き裂いたんだ。そのために、彼女は、参ってしまって、現在、郷里に帰って、ひっそりとしている。そのことに対して、あなたは、罪悪感を、感じないのですか？」

と、いった。

「困りましたね」

と、南条は、いった。

「あのママのことは、覚えていますよ。彼女自身は、自尊心を、弄ばれたといっているかも知れないが、今もいったように、これは、賭けなんですよ。その賭けに、彼女は乗ったんだ。もし、嫌なら、乗らなければいいんですよ。ひょっとして、大金が、つかめるかも知れないと思って、彼女は、われわれの賭けに乗った。それだけのことじゃありませんか？　その賭けに、負けたからといって、恨まれたら、かないませんね」

「とすると、あなたと、笠原卓さんは、同じような、賭けを、これからも、やっていくつもりですか？」

と、十津川が、きいた。

南条は、ニヤッと笑って、

「よくいうじゃありませんか、雀百まで、踊り忘れずって。一度、この、大きな賭けの楽しさを、味わってしまうと、なかなか、止められないんですよ。だから、ボクも笠原も、これからも、やっていくかも知れませんよ。もちろん、法律に、触れない限りですがね」

「また、大金で、人の心を、弄ぶんですか？」

と、亀井が、いった。

「困ったなあ。どうして、そう、固く考えるんですか？　よく考えてみてくださいよ。競馬なんて、国家だって、競馬とか、宝くじとか、賭け事を、奨励しているじゃありませんか。競馬なんか、賭け金の限度が、ないんですよ。もし、バクチがいけないのならば、競馬なんか、止めたほうがいいんだ。競輪も。競艇も。それに、賭け金の限度も、一万円か二万円にしてしまえばいい。今の競馬だって競輪だって、いくら賭けたって、かまわないんですよ。一億円、二億円賭けたって、法律上は、許されることになっている。そういうことを、日本という国は、許可しているんですよ。それなのに、ボクたちが、ある賭けに、何百万、何千万、あるいは、億単位の金を賭けて、どこが、悪いんですか？　もし、悪いのなら、即刻逮捕したらどうですか？」

と、南条は、いった。

十津川は、ため息をついて、

「そんなことを、やっていると、そのうち、誰かに恨まれて、坂井京子さんや、石川一也さんのように、殺されることに、なるんじゃないですか？」

と、いった。

「ボクはそうは思いませんがね。もちろん、恨まれることだって、あるだろうが、それは恨むほうの、逆恨《さかうら》みというもんですよ。そうでしょう？　確かに、ボクたちは、賭けをする。しかし、ボクたちが、負ける可能性だって、あるんですよ。負ければ、それこそ、何百万、何千万の損を、するんです。それを覚悟で、ボクたちは、賭けをやっているんですよ。その賭けに、負けたからといって、ボクたちを恨むのは、今もいったように、逆恨みというものですよ。そういう人間は、はじめから、人生を、賭ける資格がないんだ」

と、南条は、強い口調で、いった。

2

十津川と亀井は、南条の別荘を出て、海岸に出る、ダラダラ坂を、下りて行った。

亀井は、ずっと、腹を立てていて、

「あの男の話を聞いていると、ムカムカしてきますね。金にあかして、人の心を、弄んでいるんですよ。そんなヤツは、許せませんよ」

と、歩きながら、いった。

「確かにそうだが、連中には、それが、面白いんだろう。楽しいんだよ。最初から金を賭けて、バクチをする。しかし、それが、面白くなってくる。だから、最後には、人間の心を、賭けるんだ。確かにいちばん残酷で、いちばん面白い賭けかも知れないがね」

と、十津川は、いった。

「それにしても、あの男は、やけに陽気でしたね。仲間が、二人も、殺されているというのに、どうして、ああ陽気なんでしょうか？」

と、亀井が、いった。

「カメさんも、そう思ったかね」

「ちょっとおかしいと、思いました。用心棒が、そばにいるので、安心しているんですかね？」

「いや、そういう感じじゃなかったね」

と、十津川が、いった。

二人は、海岸沿いの、国道一三五号線に駐《と》めておいたパトカーに戻ると、乗り込んでからも、すぐには、車をスタートさせずに、今会ってきた南条直道について、話し合った。

「あの男は、自分たちを、狙っている犯人を、知っていて、その人間と、手打ちを、したんじゃないだろうか？　それで、安心しているんじゃないのかね？」

と、十津川は、いった。

「手打ちをしたという、警部のいわれる意味は、どういうことですか？　私としては、東京で、石川一也を殺したのと、京都で、坂井京子を殺した犯人は、同一人物だと思っています。そして、その犯人は、二人だけではなく、四人全員を、恨んでいると思います。それが、手打ちをしたというのは、どういうことでしょうか？」

と、亀井が、きく。

「信じにくいんだが、南条が、あんなに、安心した顔で、話しているのは、どう考えても、殺される恐れが、なくなったからに違いないんだ。ということは、犯人が死んでしまったか、理由があって、もう殺さないと、約束したからじゃないかね。そうとしか、思えないんだよ」

と、十津川は、いった。

「しかし、警部、二人を、殺した犯人は、陰陽という激しい、メッセージを残しています。そんな激しい犯人が、どうして、残りの南条と手を、結ぶでしょうか？」

亀井が、首をかしげた。

「確かに、カメさんのいうとおりなんだがね、しかし、あの南条の、穏やかな表情は、異常だし、それに、このところ、南条と、もう一人の、笠原の周辺で、何も起こっていない。何か、嵐が、突然吹き止んでしまった、そんな感じがするんだよ。いいかえれば、すっぽりと、台風の目に入ってしまったような感じだな」

と、十津川は、いった。

その後で、十津川は、西本の携帯に電話をかけた。今日、西本と日下の二人には、三鷹の、笠原の家に、行かせていたからである。その結果も知りたかった。

西本と日下の二人は、すでに、捜査本部に戻っていた。

「笠原の様子は、どうだった？」

と、十津川が、きくと、西本が、

「それですが、おかしいほど、のんびりしていましたよ」

と、いった。

「それを、詳しく話してくれ」

と、十津川が、いった。

「そうですね。警部がいわれたように、相変わらず、豪邸の周囲には、監視カメラが、いっぱい付いていましたが、中で会った笠原は、いやに、ニコニコしているんですよ。それに、毎日のように車で、どこかに出かけているみたいで、話をしていても楽しそうです。私が、仲間が、二人も、殺されているんだから、怖くはないかときくと、彼は、いや、ノンビリしていますよ、人生を、楽しんでいますよと、そんなことをいっていました」

「他には、何かあったか？」

と、十津川が、きいた。

「通いのお手伝いがいて、食事を、作ったりしているようなのですが、そのお手伝いにきいたところ、最近は毎日、三鷹の市内にある、高級クラブのママやホステスを呼んで、ドンチャン騒ぎを、しているようです」

と、これは、日下がいった。

「ドンチャン騒ぎか」

「そうです。ドンチャン騒ぎです」

「やけになって、恐怖をまぎらわせている。そうじゃないのか？」

と、十津川が、きいた。

「私もそうではないかと、考えたんですが、証言してくれたお手伝いさんの話では、それがいかにも楽しそうで、笑い声が、絶えないというのです。そのお手伝いさんも、笠原から、何万円もの、御祝儀をもらって、喜んでいるみたいでしたよ」

と、日下が、いった。

携帯をポケットに収めると、十津川は、亀井に向かって、

「どうやら、笠原卓も、同じ状況らしい」

と、いった。

「おかしいですね。どうも、解《げ》せませんよ」

と、亀井が、いう。

「笠原は毎晩、きれいどころを呼んで、ドンチャン騒ぎらしい。それは、あるいは、恐怖をまぎらわせるためかも知れないが、しかし、自由に、車を運転して、出かけているところが気になるんだ。これは、明らかに、恐怖が、なくなっているからだと思うね」

と、十津川は、いった。

それでも、亀井は、

「しかし、犯人と、取引をしたというのは、どうしても、信じられないんです」

「じゃあ、カメさんは、どう思うんだ？」

「私が考えるには、連中は、犯人を知っていて、その犯人が、死んだのではないでしょうか？　それがわかったので、安心して、笠原も、南条も、浮かれているんですよ。そうとしか、私には考えられません」

と、亀井は、いった。

「坂井京子と石川一也を、殺した犯人が、死んだか」

十津川は、半信半疑の表情で、つぶやいた。

「何度もいいますが、私には、そうとしか考えられません。あるいは、南条と笠原の二人が、しめし合わせて、犯人を、殺してしまったか」

と、亀井が、いった。

「しかしね」

と、十津川が、首をかしげた。

「今、われわれの知っている容疑者は、限られている。例の四人から、痛い目に遭った連中だよ。しかし、その人たちが、死んだという情報は、入っていない」

「これからどうしますか？」

と、亀井が、きいた。

十津川は、しばらく考えてから、ハンドルに手を置き、車をスタートさせた。

「明日《あした》、二人で、鎌倉に行ってみないかね？」

と、十津川は、いった。

3

鎌倉は、八月の暑さと、深い緑と、観光客にあふれていた。

十津川と亀井は、鎌倉の、玄関口といわれる、JR北鎌倉駅で、降りた。そこから、ゆっくりと、鎌倉の市内を見て回りたいと、思ったからである。

午前九時を、過ぎたばかりだったが、盆地の鎌倉の街は、すでに、三十度近い暑さだった。

二人は麦わら帽子をかぶり、一般の観光客らしく、手にデジカメを、ぶら下げていた。

あと一ヵ月あまりで、鎌倉八幡の大祭が、始まる。そこで行われる流鏑馬《やぶさめ》で、また、何かが、起きるのか、十津川には、予測がつかないでいた。

もし、二人を殺した犯人が、健在ならば、その流鏑馬の日に、何かが、起こるのではないかという予感が、十津川には、していた。

その何かを知りたくて、今日、亀井と二人、鎌倉に、来たのである。

駅の改札口を出て左に曲がるとすぐに、円覚寺《えんがくじ》の総門が見える。

鎌倉は、寺の多いところでも、知られている。現在、百二十の寺があるが、鎌倉時代には、二百から三百の寺が、あったといわれている。どの寺も、鎌倉幕府の威厳を、示すために、作られたものだが、その中でも、円覚寺は、第二の大きさを、誇っている。

二人は、総門に向かって歩き出したが、急に、十津川が足を止めて、

「カメさん、向こうを見ろ」

と、小声で、いった。

亀井が、十津川のいうほうに、目を向けると、一人の、背の高い若い男が、七、八メートル先を、歩いているところだった。

「あれは、永谷敬じゃないか？」

と、十津川が、いった。

「そうですよ。永谷敬ですよ。われわれと同じ電車に、乗ってきたんじゃありませんか？」

と、亀井が、いった。

「どこへ行くのか、ちょっと後を追ってみようじゃないか」

と、十津川が、いった。

永谷は、ポロシャツにジーンズ、スニーカー、そして、サファリハットという服装で、鎌倉街道を、南に向かって、歩いていく。

鎌倉街道沿いには、円覚寺の他に、明月院《めいげついん》、東慶寺《とうけいじ》、浄智寺《じょうちじ》などの有名な寺が、あるのだが、永谷は、そんな寺には見向きもせずに、ひたすら、南に、向かって、歩いていく。

古い寺には、興味がないのかと、思っていると、急に立ち止まり、そこから、急な石段を登っていった。その先には、円応寺《えんのうじ》があった。

円応寺は、円覚寺などに、比べれば、はるかに、小さな寺である。

なぜ、この寺に、興味があるのかと、十津川と亀井も、少し遅れて、急な石段を、登っていった。

永谷は、山門をくぐって、境内に入っていく。境内は、こぢんまりしていて、閻魔《えんま》堂《どう》と呼ばれる仏殿と、鐘楼、庫裏《くり》が並んでいた。

永谷は、躊躇《ちゅうちょ》せずに、閻魔堂に、入っていった。後を追ってきた十津川と亀井は、閻魔堂の中で、顔を合わせるのは、まずいと思い、しばらく、外で待つことにした。

永谷は、なかなか出てこない。風がなくて、じっとりするような、暑さの中で、二人の刑事は、五十分近くも待った。

やっと、永谷が、閻魔堂から出てきた。

十津川と亀井は、物陰に隠れて、永谷をやり過ごしてから、五十分間もこの中で、何を観ていたのかを知りたくて、閻魔堂に、入ってみた。

十津川は、この円応寺に参詣《さんけい》するのも、閻魔堂に入るのも、生まれて初めてである。中に入ると、巨大な木像が、十津川を囲むように、ずらりと並んでいた。正面には、百八十センチを越す閻魔大王の像が立って、十津川を、にらんでいた。

閻魔堂の中に住職がいたので、十津川は、今出ていった永谷のことを、きいてみた。

六十歳ぐらいの小柄な住職は、ニッコリして、

「あの若者は、一週間前にも、来られましたよ」

と、十津川に、いった。

「彼は、ここで、何をしていたんですか？」

と、十津川が、きいた。

「一週間前も今日も、同じですよ。そこにぺったりと腰を下ろして、自分を取り囲んでいる仏さんを眺めていましたね。特に、正面の閻魔大王の顔を、じっと見ていた。それは、熱心でしたよ」

と、住職は、いった。

「私は、ここに初めて来たので、よくわからないのですが、ここに並んでいる仏さんは、どういう仏さんなんですか？　閻魔大王は、わかりますが」

と、十津川は、住職に、いった。

閻魔堂の中は狭くて、そのうえ、入ってきた参拝者に、向かって、十基の仏が、取り囲むように並んでいる。これほど、仏像を、間近に見られる寺というのも少ないだろう。

しかも、その仏が、どれも、柔和な顔をしていなくて、怒りに、満ちた顔をしている。おそらく、じっと向かい合っていたら、厳粛な気持ちになるか、恐怖を感じるかの、どちらかだろう。

住職は、穏やかな顔で、

「ここに並んでいる仏さんは、生前の罪業を十人の王によって、裁くという十王思想といわれているものです」

と、いった。

住職の説明によると、十王思想というのは、鎌倉時代に、最も流行した思想で、人間の罪悪は死んだ後、この十人の王によって、裁かれるのだという。それで、どの仏も、厳しい表情をしている理由がわかった。

つまり、人間が死んだ後、極楽に行くか、地獄に行くかを裁くのが、この十王なのだというのだ。

人間が、極楽か、地獄のどちらに行くかを決めるのは、閻魔大王を、筆頭とする十王で、裁きは、七日ごとに、七回行われるので、四十九日目には、極楽か地獄かが、決まるという。

最初の七日目は、三途《さんず》の川を渡り、そこで秦広《しんこう》王の裁きを受ける。次の七日目、十四日目には、初江《しょこう》王のもとで裁かれる。次に、宋帝《そうてい》王のもとで裁かれて、最後に、閻《えん》魔《ま》大王に、引導を渡されるということに、なっていたらしい。

この閻魔堂の中で、ひときわ大きく、偉大に見える閻魔大王の像は、あの有名な運《うん》慶《けい》が作ったといわれている。

何でも、運慶が、一時息を、引き取ってしまい、あの世に、行ったところ、そこで閻魔大王に会って、もし、生き返ったならば、俺の像を作れと命じられ、それによって、この閻魔大王の像を、作ったといわれている。

住職は、そんな話をしてくれた。

十王の名前は、秦広王、初江王、宋帝王、伍官《ごかん》王、閻魔王、変成《へんじよう》王、太山《たいざん》王、平等《びようどう》王、都市《とし》王、五道転輪《ごどうてんりん》王というらしい。

その他、閻魔堂の中には、三途の川で、死者の衣をはぐ、という奪衣婆《だつえば》像や地蔵菩薩《じぞうぼさつ》像も飾られていた。

ここで、あの永谷は、土間に腰を下ろし、閻魔大王をはじめとする、十人の王と、向かい合っていたらしい。五十分もかけてである。

いったい、永谷はその時、何を、考えていたのだろうか？

しかも、一週間前にも、彼は、ここに来たという。

十王思想に従えば、七日目ごとにこの十王が裁きをするらしいから、永谷も、その七日という日にちを考えて、一週間前に、この閻魔堂に来たのだろうか？

4

閻魔堂を出ると、急に、何か、頭を押さえつけていたものが取り払われたような、解放感を、十津川は感じた。

あの閻魔堂の中に、じっといると、間違いなく、怖くなってくる。運慶が彫ったという閻魔大王と、じっと、見つめ合っていると、恐ろしさが、伝わってくるのだ。もし、十津川が何か、悪いことをしていれば、五、六分も、あの閻魔大王と、向かい合っていられないだろう。

そんなことを考えながら、十津川は、亀井と並んで、急な石段を下りていった。

鎌倉街道に出たところで、亀井が、

「何か食べませんか？　急に腹が空《す》きましたよ」

と、いった。

十津川は、微笑して、

「同感だ。何か食べよう」

時間が時間なので、軽い食事を、ということで、建長寺《けんちょうじ》の先にある、精進料理の店に、二人は入った。「梅ノ木」という店で、鎌倉では、有名な精進料理の店らしい。

店内は広くて、畳の座敷もあれば、カウンターもある。そんな店だった。

二人は遠慮して、隅のカウンター席に、腰を下ろした。

テーブルの上にあった、パンフレットを見ると、精進料理の歴史のようなものが、書いてあった。

元々、精進料理は、禅宗の寺から、生まれたもので、鎌倉時代に完成したといわれている。だから、この鎌倉では、精進料理が主な、ご馳走《ちそう》ということになってくる。

料理を待つ間、十津川が、何気なく、店の中を見回すと、その視線の先に、永谷敬の姿があった。

永谷は、もう食事を、済ませたらしく、店の主人らしい男と、何か話をしていた。
五、六分すると、永谷は、店を出ていった。
その後すぐ、精進料理が、運ばれてきた。その食事が済んだ後、十津川は一人で、店の奥にいる、この店の主人に、会いにいった。

「さっき永谷さんが、出ていかれましたね？」

と、十津川が声をかけると、店の主人はニッコリして、

「ええ、永谷さんの、おとうさんの時から、ごひいきにしていただいております」

と、いった。

なるほど、そういわれてみると、主人の背後の壁に「禅の心　食に通ずる」と、太筆で書かれた、永谷礼一郎の色紙が、飾ってあった。

「亡くなった永谷礼一郎さんも、よくこの店に、来られていたんですか？」

と、十津川は、色紙に目を向けて、いった。

「よく来られていましたよ。あの方は、鎌倉がお好きでしたから」

「それで、息子さんも、今日来られたのですね？」

「そうです。もう何回も、お見えになっています」

と、店の主人は、いった。

「さっき、何か、息子さんと、話をしていらっしゃいましたが、どんなことを、話していらっしゃったのですか？」

と、十津川は、きいた。

店の主人は、ちょっと、当惑した表情になった。が、

「まあ、別に隠すことではないから、お話ししましょう」

と、いってから、

「実は、亡くなった、永谷礼一郎さんは、鎌倉八幡の例大祭で流鏑馬《やぶさめ》に、出られたことがあるんですよ」

と、いった。

「それは知っております」

と、十津川は、いった。

「その後、その時に、着られた、流鏑馬の装束を、私がいただきまして、店に飾ってあるんです」

と、いった。

「それを、見せていただけますか？」

と、十津川が、いうと、

「実は、それを、今、息子さんに、お貸ししているんです。元々、おとうさんのものですから、お貸ししているというのも、おかしいのですが、一週間前に来られましてね、ぜひもう一度、父の着ていた、流鏑馬の装束を、見たいから、しばらく貸してくれないかといわれたので、どうぞといったんです。今日は、その御礼に、来られたんですよ」

と、店の主人は、いった。

「それは、どんなものなんですか？」

と、十津川は、きいた。

「永谷家の紋が袖《そで》に入った、それは、立派なものですよ」

と、店の主人は、いった。

「どうして、それを、永谷礼一郎さんは、あなたにくれたんでしょうね？　もう、使わないつもりだったのでしょうか？」

と、十津川は、きいた。

「去年の流鏑馬に、それを着られて、永谷さんは出られたんですが、その後でウチに来られましてね、もう、これは、いらなくなったから、あなたに、あげようといって、置いていかれたんです」

と、店の主人は、いった。

「その時、永谷さんは、何か、いわれましたか？」

と、十津川は、きいた。

「いや、何も。あの人は、寡黙《かもく》な人ですから、いつも、ぶっきらぼうにしか、ものをおっしゃらないんですよ。その時も、今いったように、もう、これは、いらなくなったから、あなたに、あげる、それだけいって、置いていかれてしまったんです」

と、店の主人は、いった。

「その装束を、息子の永谷敬さんが、貸してくれと、いってきたんですね？」

「そうです」

「息子さんのほうは、どういうつもりなんですかね？」

と、十津川は、きいた。

「わかりませんが、何かに、使うつもりじゃないですかね。それとも、しばらく、自分の家に飾って、おとうさんのことを、思い出したいのか」

と、店の主人は、いった。

5

十津川と亀井は、次には、どこにも寄らず、鶴岡八幡宮に、向かった。

おそらく、永谷敬も「梅ノ木」を出た後、鶴岡八幡宮に、向かったのではないだろうか。十津川は、そんな気がしていた。

二人は、鶴岡八幡宮の、参道でもある、若宮大路《わかみやおおじ》に出た。

この若宮大路は、昔は海岸の由比ヶ浜《ゆいがはま》まで伸びていたという。

昔、源頼朝《みなもとのよりとも》は、平安京にならって、鎌倉に都を造ったといわれており、さしずめ、この若宮大路は、平安京でいえば、朱雀大路《すざくおおじ》にあたるのだろう。それだけ、当時の源頼朝の意気込みが、感じられるのだ。

今はこの参道も短くなってしまっているが、それでも、まっすぐ、鶴岡八幡宮へ、続く参道は、今も立派なもので、参拝者で、賑《にぎ》わっている。

二人は、その人波に、押されるようにして、参道を、八幡宮に向かった。

途中、石造りの太鼓橋を渡る。橋の両側には、池があって、昔、東側には、赤い蓮《はす》を植えた源氏《げんじ》の池、西側には、白い花を植えた平家《へいけ》の池が、あったというが、今は、紅白入り乱れて咲いていた。

八月の今、池の面は、蓮の葉で、覆い尽くされていて、その中から、蓮の花が、一つ二つと、美しく咲いていた。

案内のパンフレットによると、源氏の池には、三つの島があり、平家の池には、四つの島がある。その理由は、三（さん）のほうは、産まれるという意味があって、源氏が、栄えることを意味し、四つの島があるほうは、四（し）が死に通じて、平家の滅亡を、意味すると伝えられていたという。

それぞれ縁起を、かついだものだろうが、今は、どちらの池も、源平池と、呼ばれていた。

太鼓橋を渡ってしばらく行くと、参道と交差して、流鏑馬の行われる馬場が、見えてきた。長さは二百六十メートルあり、九月十六日の流鏑馬の時には、ここを三騎の馬が、駆け抜けていくのだ。

二人は馬場を通り越し、六十一段の石段を登って、本宮にお参りをした。

帰りの道でも、十津川は、周囲を見回していたが、永谷敬は、見つからなかった。ここに来なかったのだろうか？　それとも、もう帰ってしまったのだろうか？

ゆっくり歩いているうちに、急に、亀井が、

「いましたよ」

と、小声で、ささやいた。

亀井が示すほうを見ると、人ごみに、まぎれて、永谷敬の姿が、あった。

そのまま永谷は、まっすぐ、若宮大路を、鎌倉駅のほうに、向かって歩いていく。

十津川は、追いかけようとして、やめてしまった。

「時間がかかりすぎている」

と、つぶやいた。

「時間って何ですか？」

と、亀井が、いった。

「われわれが精進料理を食べた店から、少なくとも二、三十分は、先に、永谷は、店を出ている。それから、まっすぐに鶴岡八幡宮に向かったとすると、ここにも、われわれより二、三十分は、先に着いているはずだろう。それなのに、なぜ、今、参道を、歩いていたのだろうか？　その二、三十分の間に、彼が、どこに行っていたのか、ちょっと、気になるんだよ」

と、十津川は、いった。

「この鶴岡八幡宮に来る途中で、どこかに、寄ったんじゃありませんか？」

「しかし、どこに寄ったんだ？」

と、十津川が、いった。

もちろん、あの「梅ノ木」から、ここまでの間に、いろいろと、寄るべきところはある。しかし、十津川はなぜか、途中で、どこにも寄らなかったと思った。

十津川は、立ち止まって、しばらく、考えていたが、

「社務所へ行って、きいてみよう」

と、いった。

二人は、社務所に行くと、十津川が、そこにいた職員に、向かって、いきなり、

「今ここに、永谷敬さんが来たでしょう?」

と、いった。

もちろん、あてずっぽうだったが、それが当たったらしくて、相手は、

「ええ、いらっしゃいましたよ」

と、いった。

十津川は、やっぱり、ここに来ていたのかと思いながら、

「永谷さんは、どんな用で、ここに来られたのですか?」

と、きいた。

「それはちょっと、申し上げられませんが」

と、相手は、いった。

「ひょっとして、九月十六日に、行われる流鏑馬《やぶさめ》神事のことで、来たんじゃありませんか?」

と、十津川は、これもあてずっぽうにいってみた。

相手の表情が動いた。やはり、当たっていたのだ。

「それもちょっと、申し上げられませんが」

と、相手は、いった。

「しかし、流鏑馬神事というのは、おめでたいことなんですから、話していただけませんか？」

と、十津川は、押してみた。

しかし、それでも、社務所の職員は、

「永谷さんには、誰にも、いわないでくれといわれておりますので」

と、いう。

「確か、永谷さんの、亡くなったおとうさんの、礼一郎さんは、去年の流鏑馬で、三人目の射手として出ていますね？」

と、十津川は、いった。

「ええ、出ていただきました」

と、相手はいう。

「そのことと、関係があるんじゃありませんか？」

と、十津川は、いった。

相手は、当惑した顔になって、

「そのことも、今は、申し上げられないのですが」

と、いった。

「しかし、九月十六日の、流鏑馬神事の日になれば、わかることじゃありませんか？

そういうことでしょう？」

と、なおも、十津川は、食い下がった。

相手は、さらに困ったような顔になって、

「実は、その時まで、申し上げられないのですよ。永谷さんに、その時まで、黙っているようにといわれましたので」

と、いった。

十津川は、急に、

「わかりました」

と、いって、引き下がった。

社務所を出たところで、亀井が、

「何かわかったんですか？」

と、不思議そうに、きく。

「たぶん、私の想像どおりだと思うよ」

「わかるように、いってくださいよ」

と、亀井が、いった。

「これから、涼しい店に入って、冷たいものでも、食べながら、カメさんの意見をききたいね」

と、十津川が、いった。

二人は、若宮大路の、裏手にある、和菓子の店に入った。そこで、くず切りを注文した。

「私は、こう考えたんだ。永谷は、何か頼み事があって、社務所を訪ねている。そして、社務所のほうは、九月十六日の、流鏑馬神事になれば、わかることだが、今は、いえませんといった。となれば、結論は一つしかないじゃないか。永谷は、今年の流鏑馬神事で、馬に乗って走るつもりなんだよ。それに出してもらうように、頼みにいったんじゃないかね」

と、十津川は、いった。

「しかし、前に彼に会った時には、乗馬なんか、関心がないようにいっていましたが」

と、亀井が、いった。

「確かに、あの時はそういっていたが、本心は、別にあったのさ。去年の流鏑馬神事の時、父親の礼一郎は、失敗した。その雪辱を、果たそうとしているんじゃないのかね。あの若者は」

と、十津川は、いった。

「しかし、父親の永谷礼一郎は、乗馬の名手でしたが、息子のほうは、どうなんでしょうか？」

と、亀井が、きく。

「だから、アメリカに、行っていたんだよ」

と、十津川が、いった。

「しかし、アメリカでは、父親にならって、飛行機の操縦訓練を、受けていたといっていましたよ」

「私は、そうじゃないと思う。アメリカに行って、彼はたぶん、乗馬の訓練をしていたんだ。今年の、鶴岡八幡宮の流鏑馬の神事に、備えてね。さっきの建長寺近くの精進料理の店で聞いたことを考えてみたまえ。あの店に、父親の礼一郎は、流鏑馬の神事で使った装束を寄贈している。たぶん、礼一郎は、流鏑馬に失敗したので、もう二度と、その装束は、着るまいと思ったのだろう。だから、あの店の主人に、あげてしまった。息子の永谷は、九月十六日の流鏑馬の神事に、父に代わって出るつもりだ。しかし、その装束を、返してくれとはいえない。そこで、借りていって、同じものを、作るつもりじゃないかね。そして、その装束を着て、父の無念を、晴らすために、あの馬場を、駆けるんじゃないのかね。私は、そう思っているんだが、カメさんは、どう思うね？」

と、十津川は、きいた。

「ただ単に、父親の雪辱を、果たすために、永谷は、九月十六日に、流鏑馬の神事に、参加するのでしょうか？」

と、亀井は、いった。

「カメさんは、別の理由が、あると思っているのか？」

と、十津川が、きく。

「ただ単に、父親にならってというだけじゃないという気がするんですよ。それが何となく、不安になって、仕方がありません」

と、亀井が、いった。

その亀井の言葉で、十津川の表情が急に険しいものになってきた。

「カメさんのいう不安というのは、どういうものなんだ？」

と、きいた。

「今のところ、事件は落ち着いてしまっています。例の四人組の二人は、安心しきっていますね。犯人が死んでしまったか、あるいは、犯人と、手打ちをしたか、どちらかとしか思えませんが、私は、犯人が、手打ちをすることはないと思ったので、犯人が死んだと決めたのですが、今日の永谷の様子を見て、少し考えが、変わりました」

と、亀井が、いった。

「どう変わったんだ？」

と、十津川は、にらむように、亀井を見た。

そんな十津川に向かって、亀井は、

「警部だって、今同じことを、考えておられるんじゃないんですか？」

と、いった。

十津川は、考え込んだ。

確かに、今、十津川の心に、大きな、不安が浮かび上がっていた。それはたぶん、亀井が考えていることと、同じだろう。

だから、十津川は口には出さずに、一人で考え込んだ。

今年九月十六日の、流鏑馬《やぶさめ》の神事に、永谷が、亡くなった父に代わって、参加するとしても、ただそれだけならば、別にどうということもない。

おそらく、マスコミは、父に代わっての参加に、拍手するだろう。そして、評判を呼ぶに、違いない。

しかし、ただそれだけだろうか？

もし、東京と京都で起きた二つの殺人事件に、これがからんでいるとすれば、どうからんでいるのだろうか？

それは、ただ単に、古い神事が、行われるだけではなくて、新しい殺人の、呼び水に、なるのではないだろうか？

　そんな不安が、十津川の胸にわいてきたのである。

（まさか）

　と、十津川は、自分にいいきかせた。

　あの若い永谷が、九月十六日の流鏑馬の神事を、生死を賭《か》ける、賭けの対象に、しているのではないだろうか？

第五章　一つの賭け

1

永谷礼一郎の息子、永谷敬が、何かやろうとしていることは、間違いなかった。それも、おそらく、九月十六日の、鎌倉八幡の、流鏑馬《やぶさめ》についてのことだろう。

たぶん、去年の父親の後を継いで、流鏑馬に、出場する気なのだ。

ただ、その目的が、よくわからなかった。そして、わからないということが、十津川を、不安にさせるのだった。

ただ単に、去年の父の後を、継いで、鎌倉八幡の流鏑馬に、出場するだけならば、どうということはない。しかし、それだけとは、とても、思えなかった。

永谷敬本人に聞いても、おそらく、本当のことはいわないだろう。

そこで、十津川は、何とかして、その隠された真実を、知ろうとした。

「去年の八幡宮の流鏑馬に、彼の父親が、射手として、出場している。そのことを、調べていけば、何かわかるかも、知れないいな」

と、十津川は、亀井に、いった。

「しかし、父親の永谷礼一郎は、鶴岡八幡宮のほうから、要請があって、流鏑馬に、出場したんじゃありませんか？　ただ、三番目の的を、射るのに、失敗した。それについて、八幡宮は、別に何とも、思っていないといっていましたよ。それ以外に、何か、あったんでしょうか？」

亀井が、きいた。

「おそらく、何かあったからこそ、その後、永谷礼一郎は、アメリカに行って、操縦する飛行機を、山にぶつけて、死んでしまったんだ。そして、今年、父親と、同じように、息子の永谷敬が、流鏑馬に、出場しようとしている。この二つのことには、何か、関係があると、私は思っているんだ」

と、十津川は、いった。

十津川は、もう一度、永谷礼一郎のことを、調べることにした。特に、去年の九月十六日の、八幡宮の流鏑馬に出場した頃の、永谷礼一郎についてである。

永谷礼一郎は、永谷プロという、自分のプロダクションを持っていた。優秀なマネージャーがいて、そのマネージャーが、永谷礼一郎の出演する映画を選び、時には、資金を調達し、宣伝してきた。

このプロダクションは、今は、なくなっている。

十津川は、その優秀な、青木という、マネージャーに、会ってみることにした。

現在、七十歳になる青木は、映画界から、足を洗い、練馬区石神井《しゃくじい》で、自分の関係した映画について、その思い出を、原稿に書き留めていた。

そのほとんどは、永谷礼一郎との思い出に、ついやされているのだろう。

十津川は、亀井と二人で、青木を訪ねて行った。

小さいが、しゃれた日本家屋に、青木は、一人で、住んでいた。

十津川と亀井は、書斎に、通された。そこは、芸能関係の本とビデオと、そして、今、青木が、書いている原稿に、囲まれていた。

「今日は、永谷礼一郎さんのことを、いろいろと、話していただきたくて、来たんですが」

十津川が、いうと、青木は、ニッコリして、

「彼のことなら、一日中でも、話せますよ。何しろ、彼とは、三十年の付き合いですから」

と、いった。

「去年の九月十六日の、鶴岡八幡宮の例大祭ですが、それに、永谷礼一郎さんは、流鏑馬の射手として、出場していますね？」

と、十津川は、いった。

「そのとおりです。あれは、鶴岡八幡宮のほうから、永谷プロに話が、あったんです。ぜひ、三人目の射手として、出場していただけないか、そういう話でした。彼に話したら、二つ返事で、承知しましてね。それで、去年出場したんですよ。彼は、流鏑馬も、好きだし、鎌倉も、好きだから、喜んで、出場したんだと、思います」

と、青木は、いった。

「その頃のことで、何か、特に、印象に残っていることは、ありませんか？」

と、十津川は、きいた。

「鎌倉八幡の、流鏑馬について、ですか？」

と、青木が、きき直す。

「九月十六日前後に、永谷礼一郎さんのことで、何か、ありませんでしたか？」

と、十津川は、きいた。

自分の質問が、漠然としていることは、十津川は承知していたが、何があったか、わからないのだから、他に、ききようがないのである。

青木のほうも、困ったような、顔をしていたが、

「たとえば、どういうことか、いっていただけませんかねえ。永谷の個人的な問題は、ちょっと困りますが、仕事の話ならば、お話しできますよ」

と、いった。

「その頃、永谷さんは、大きな作品を、作ろうと、していたのですか？」

と、十津川は、きいた。

「実は、あの頃、五年越しに、永谷が考えていた作品がありましてね、その仕事は、既成の映画会社では、撮れないので、自分で、資金を調達して、永谷プロで、撮ろうとしていたんですよ」

と、青木はいった。

「その作品は、結局、どうなったんですか？」

亀井が、きいた。

「残念ながら、資金が作れなくて、できませんでした」

と、青木が、いった。

「どういう作品だったか、話して、いただけますか？」

十津川が、いった。

青木は、机の引出しをあけて、一冊のシナリオを取り出すと、それを、十津川と亀井に、見せてくれた。

表紙には、『侍たちの海』と書かれていた。

「どういう、ストーリーなんですか？」

十津川がきくと、青木は、ページをめくりながら、

「江戸時代に、タイに行って、日本の侍として活躍した、山田長政《やまだながまさ》の話なんですよ。永谷礼一郎は、山田長政が、好きでしてね、何とか、自分の代表作として完成したい。そう思って、四、五年前から、現地に行って、ロケハンもしていたし、タイの国王とも会って、もし、現地ロケの時は、国をあげて、協力するという約束も、取りつけていたんです。ただ、資金が足りませんでしてね。昔の、全盛期の永谷礼一郎なら、銀行や、あるいは映画会社が、喜んで、金を出してくれたんですが、映画が、下火になったし、こういっちゃいけないんですが、永谷礼一郎自身の力も、なくなってきていましたから、なかなか、資金のメドが立たなかったんです」

　青木は、悔しそうに、いった。

「その映画を、作るのに、いくらぐらいの予算を、考えていたんですか？」

　と、十津川が、きいた。

「永谷は、少なくても、二十億円は、必要だと考えていたようです。自分の家や土地を担保に、五億円は、借りられる。だから、あと、十五億円を何とか調達したいと、考えていたのです。もちろん、僕も、必死になって、融資してくれそうなところを、当たってみましたがね。とうとう、集まりませんでした」

　と、青木は、いった。

「しかし、このシナリオには、決定稿と、書いてありますよ」

と、十津川は、青木に、いった。

「決定稿とある以上、作るメドが、ついていたんじゃありませんか？」

「それなんですがねえ」

と、青木は、なぜか、ため息をついた。

「その辺のところを、よかったら、詳しく話して、いただけませんか？」

と、十津川が、うながした。

「今いったように、どうにも、資金調達のメドがつかなくて、参っていたんですがね。ある日突然、永谷が、僕に向かって、『何とかなりそうだよ』と、いったんです。正直いって、驚きましたよ。どこの誰が、十五億円も、出してくれるんだろうかと、思いまして、それを、永谷にきいたんですが、彼は、なぜか、僕に話してくれないんですよ。そして、ニコニコしながら『大丈夫だ。何とかなる。この映画は、作れるよ』といっていたんです」

「しかし、結局映画は、できなかったんですね？」

「そうです。資金の調達ができなくて、この映画は、実現しませんでした。その代わりのように、永谷は、最後に、N映画の、あまり乗り気ではない、映画に主演しましたがね。マネージャーの僕としては、最後に、『侍たちの海』を、何とか彼の主演で、完成させたかったんですがね。今でも残念でなりません」

と、青木は、いった。

「永谷さんが、突然、資金調達のメドがついたといわれたのは、いつ頃のことですか？　去年のいつ頃ですか？」

と、十津川が、きいた。

「確かあれは、去年の九月に、入ってからでした。そして、何回も、書き直していたシナリオの上に、決定稿のはんこを、押したんです。まるで、もう、でき上がったみたいな、気負った感じでね」

と、青木は、いった。

「今になってみると、それを、どう思われますか？　永谷さんは、何の根拠もなしに、資金の調達のメドがついたと、いったと思いますか？　それとも、本当にその時は、資金調達のメドがついて、あなたに、大丈夫だと、いったと思いますか？」

と、十津川が、きいた。

「彼は、ほら吹きでは、ありません。真面目な男で、ウソはつかない男なんですよ。ですから、今になっても、あの時は、何か、当てがあったんだと思うんです。しかし、死ぬまで、そのことは、とうとう話してくれませんでした」

と、青木は、いった。

「この『侍たちの海』のシナリオを、お借りできますか？」

と、十津川が、いった。

「差し上げますよ。他にも、何冊かありますから」

と、青木は、いってくれた。

十津川は、その後で、

「永谷礼一郎さんの、息子の敬さんについては、どう思われますか？」

と、青木に、きいてみた。

「彼の家に、時々遊びに行きましたが、その時に、何度か息子さんに、会っています。ただ、敬さんのほうは、映画にはあまり関心がないようなので、親しく話したことは、ありませんが」

と、青木は、いった。

「しかし、顔立ちも、体つきも、お父さんに、よく似ていますね」

と、十津川がいうと、青木は微笑して、

「性格も、似ているんですよ。面白いほどよく似ているんです。真面目で、男らしくて、あわてもののところも、似ているんです」

と、いった。

「最近、敬さんに、お会いになりましたか？」

と、十津川は、きいた。

「いいえ、最近は、会っていないですね。去年からほとんど、会っていない。一度、鎌倉の家に遊びに行ったら、アメリカに行っている、ということでした」

と、青木は、ちょっと、寂しそうな顔で、いった。

2

捜査本部に戻ると、十津川は、改めて、机の上に、もらってきた『侍たちの海』のシナリオを、広げて置いた。

「一つ考えたことが、あるんだがね」

と、十津川は、亀井に、いった。

亀井は、うなずいて、

「私も一つ、考えたことが、あります」

と、いった。

「この、幻の大作に、関係してかね？」

と、十津川が、亀井を見た。

「そうです。青木さんの家に行って、話を聞いているうちに、一つ考えたことが、あるんです」

と、亀井は、いった。

「じゃあ、まず、カメさんの話を、聞こうか?」

と、十津川は、いった。

亀井は、小さく咳《せき》ばらいをしてから、

「死んだ永谷礼一郎は、五年越しで、この『侍たちの海』という大作を、何とか、自分のところで作ろうとしていました。シナリオもできているし、タイに、ロケハンにも行っていました。しかし、問題は、制作費でした。二十億円のうち、五億円は、自分で調達できるが、残りの十五億円が、できない。そのことで苦しんでいたんです。そして、どこか、その十五億円を、出してくれるところはないかと、いろいろと、当たっていたと思います。九月に入ってから、突然、永谷礼一郎は、マネージャーの青木に『資金のメドがついた』といっているんです。それがもし、有力銀行か、大企業が、出してくれるんでしたら、そのことを永谷礼一郎も、公にしていたでしょうし、マネージャーの青木にもわかっていたと、思うんです。しかし、永谷礼一郎自身は、死ぬまで、そのスポンサーのことを、いわなかったし、青木マネージャーも、わからなかった。ということは、出所の、ちょっと、おかしい金ではなかったかと、思うんです」

亀井は、そこまでいって、一息ついてから、

「そこで、考えたのが、例の四人組ですよ。あの笠原たち四人です。連中は、金にあかせて、大きな賭《か》けを、楽しんでいました。それも、だんだん、妙な方向に走っていて、人の心を、賭けの対象に、していたんです。そんな連中にとって、当時の永谷礼一郎は、面白い、賭けの対象では、なかったでしょうか？　永谷礼一郎は、有名な俳優ですし、その彼が、十五億円の金を、何とか集めようと、奔走していたんです。四人は、そのことを知って、永谷礼一郎に、一つの賭けを、申し込んだんじゃないでしょうか？」

と、亀井は、いった。

「私も、実は、同じことを、考えていたんだ」

と、十津川は、いった。

「じゃあ、この後は、警部が、話してください」

と、亀井がいった。

「例の四人は、永谷礼一郎に会って、『侍たちの海』の資金は、自分たちが、出しましょうと提案したんだと思うね。しかし、それに、条件をつけたんだ。その頃、永谷礼一郎は、九月十六日の、鶴岡八幡宮の流鏑馬《やぶさめ》に、出場することになっていた。だから、流鏑馬に、出場して第一、第二、第三の的を、すべて命中させたならば、喜んで、十五億円は、融資しましょう。しかし、失敗したら、この話は、ないことになりますと、四人は、いったんだと思うね」

「それだけじゃないと、思いますよ」

と、亀井が、いった。

「わかっている。もし、失敗したら、金は出さないだけじゃなくて、賭けに、負けたんだから、あなたの、右手の小指を、もらいたい、そういったんじゃないかね」

と、十津川は、いった。

「そうですよ。そんな条件を、つけるところが、いかにも、あの連中らしいじゃありませんか」

と、亀井が、いった。

「そして、結局、永谷礼一郎は、第三の的をはずしてしまって、賭けに、負けたんだな。そして、十五億円の融資も、受けられず、それどころか、右手の小指も、約束だからと、切り落としてしまった。そのことによって、彼は、その後、自慢の立ち回りが、できなくなった。小指一本でもなくなれば、刀を、しっかりと持てないからね。永谷礼一郎は、そのことに、絶望して、アメリカに行き、自殺同様の死を、遂げてしまったんだ」

と、十津川はいった。

「問題は、この推理が、当たっているかどうかですね」

と、亀井は、いった。

「そうだよ。あくまでも、これは推理だからね」

と、十津川も、いった。

「笠原卓と南条直道に、きいても、本当のことは、いわないでしょうね。いわば、彼らは、国民的英雄だった、永谷礼一郎を、結果的に、自殺に追いやってしまったんですから、今の段階では、そのことは、口にできないと、思いますね」

と、亀井が、いった。

「とすると、誰に、きいたらわかるのだろうかね？　今日会った、元マネージャーの青木に、きいても、知らないというだろう。あと、知っているとすると、永谷礼一郎の、息子の永谷敬だが、彼だって、そのことはいいそうもない」

と、十津川は、いった。

「例の四人組が、十五億円の融資を、エサにして、永谷礼一郎に、賭けを、申し入れたとします。その賭けは、九月十六日の、鶴岡八幡宮の流鏑馬に関する、賭けになったわけですが、その時点で、四人が、永谷礼一郎が、流鏑馬に出ることを、知っていたかどうか、ということになると、思うんですよ。映画の話は、おそらく、永谷礼一郎や、マネージャーの青木が、いろいろなところで、しゃべって、金を、借りようとしていたと思いますから、例の四人が、それを、知っていたとしてもおかしくありません。ですが、九月十六日の、流鏑馬に出場することを、どうして知ったか、そのことを調べてみたいと思います」

と、亀井は、いった。

「確かにそうだな。それがわかれば、この推理は、一歩前進する」

と、十津川は、いった。

永谷礼一郎が、去年の九月十六日の、流鏑馬に出場するのは、鶴岡八幡宮のほうから、要請が、あったといわれている。

このことが、どこかで、新聞なり週刊誌なりに、発表されたのだろうか？

発表されていれば、それを、例の四人組が、見て知ったことは、十分に、考えられる。

十津川と亀井の二人は、まず、国会図書館に行って、去年の新聞や、週刊誌の、九月十六日までの記事に、目を通してみることにした。

その結果、去年の九月一日の、スポーツ紙の芸能欄に、大きく出ているのがわかった。

「永谷礼一郎さん、流鏑馬の射手に」という大きな見出し記事だった。

その記事によると、鎌倉の鶴岡八幡宮が、今年の、九月十六日の流鏑馬に、三人目の射手として、出場していただけないだろうかと、永谷礼一郎に話を、持ちかけたところ、快諾を、得たという、記事になっていた。

永谷礼一郎のほうも、鎌倉が、好きだし、馬も好きだし、流鏑馬も好きだから、この話に乗り気で、わざわざそのための衣装を新調すると、発表していた。

そこには、弓を持った、永谷礼一郎のニッコリしている笑顔が、大きく載っていた。

おそらく、例の四人組は、この記事を、読んでいたのだろう。

そして、その永谷礼一郎が、五年来の、悲願である大作『侍たちの海』の資金集めに苦労していることを知って、話を持ちかけていったに違いない。

「これで、第一のハードルは、クリアしましたね」

と、亀井が、いった。

「四人組が、この賭けを持ちかけた時、おそらく、永谷礼一郎は、悩んだと思うね。もともと、彼は、賭け事が好きではなかったと、聞いているし、この賭けは、いかにも陰湿だからね」

と、十津川は、いった。

「しかし、結果的に、永谷礼一郎は、この賭けを、受けたんでしょうね？」

と、亀井が、いった。

「そうだよ。『侍たちの海』を作るのは、五年来の、悲願だったといわれているからね。それに、何よりも彼は、映画が、好きだったんだ。だからこそ、永谷は、この陰湿な賭けを、承知したんだろう」

と、十津川は、いった。

「永谷礼一郎は、この賭けに、勝てると思っていたんでしょうかね？」

と、亀井が、きいた。

「負けると、わかっていて、引き受けるはずはないよ。それに、永谷礼一郎は、馬の名手といわれている。何本かの映画で、馬上から鮮やかに弓を射てもいる。だから、自信があったんだ。永谷礼一郎は、こんな賭けに、負けるはずはないと、思っていたんじゃないかな。だから、彼は、引き受ける決心をした。しかし、いかにも陰湿だから、このことは、誰にも話さなかったんじゃないかな。そう思うね。唯一、話していたとすれば、息子の、永谷敬に対して、だな」

と、十津川は、いった。

永谷礼一郎は、自信があったから、この賭けに応じた。しかし、結果として、失敗し、負けてしまったのだ。

「なぜ、永谷礼一郎は、流鏑馬で、失敗したんだろう？」

と、十津川は、いった。

「それは、緊張のせいじゃありませんか？　何しろ、十五億円の融資が、かかっているんです。それに、もし負ければ、右手の小指を、切ると約束してしまっています。

自信は、あったと思いますが、そうした緊張には、勝てなかったんじゃありませんか？　私は、そう思いますが」

と、亀井は、いった。

「例のビデオを、もう一度、見てみようじゃないか」

と、十津川が、いった。

捜査本部に、引き返すと、二人は、去年の九月十六日の、流鏑馬《やぶさめ》のビデオを、もう一度、映してみた。

テレビに、流鏑馬の神事が、映し出されていく。長い馬場に、見物人があふれていた。

そして、三人の射手が現れる。

第一、第二の射手は、見事に、三つの的を、外さずに、射抜いていった。

そして、第三の射手として、永谷礼一郎が現れた。

颯爽《さっそう》としていて、その顔は、自信にあふれている。画面を止めてみても、少しも、不安げな様子はない。

そして、馬が走り出す。見事に第一の的が射抜かれる。そして、第二の的に、向かう間も、彼は、颯爽としていた。

しかし、第三の的に来て、彼の放った矢は、的を、はずれてしまったのだ。

「カメさんのいうとおりかも知れないな。もし、賭《か》けの対象に、なっていなければ、永谷礼一郎は、何の苦もなく、第三の的も、射抜いていたに、違いない。それが賭けの対象になっていたから、緊張して、失敗したのかも知れないな」

と、十津川は、いった。

「だから、四人は、人の心を、弄《もてあそ》んでいると、いうんですよ。四人は、十五億という大金と小指が、かかっていれば、永谷礼一郎が、緊張して失敗すると、はじめから、読んでいたんじゃないですかね」

と、亀井は、いった。

3

翌日、十津川は、亀井と、日本古来の馬術を、研究している、日本古式馬術連盟のグループに、会いに行った。

そこでは、広い馬場を使って、昔からの、日本馬術の研究をしていた。馬上での剣撃や、射撃も、訓練の中に入っていた。

十津川は、そこの、責任者である関根という師範に、会って、話を、聞いてみることにした。

まず、持参した、流鏑馬のビデオを、見てもらった。

関根は、見終わると、

「ああ、この流鏑馬ですか」

と、大きな声を出した。

「去年のこの流鏑馬を、見ていらっしゃったんですか？」

と、十津川は、きいた。

「もちろん、見ていますよ。私も、同じようなことを、やっていますから、興味が、ありましてね。それから、この三人目の射手は、永谷礼一郎さんですね？」

と、関根は、いった。

「永谷礼一郎さんとは、親しかったのですか？」

と、十津川が、きいた。

「特別、親しかったというわけでは、ありませんがね、永谷さんは、去年、鎌倉八幡の、流鏑馬に、出場すると決まってから、何回か、ウチに来ては、この馬場で、練習なさっていたんですよ」

と関根は、いった。

「この馬場で、ですか？」

と、十津川は、いった。

「そうですよ。実際に、狩装束を着て、練習していらっしゃいましたね」

と、関根は、いった。

「その時の様子は、どうでしたか？」

と、十津川が、きいた。

「それは、自信に、あふれていて、ここで、練習している間、一度も、射損じたことは、なかったんじゃないですかね。失敗は、一度も、なかったはずですよ」

と、関根は、いった。

「しかし、このビデオで見ると、本番の時に、第三の的を、射損じていますね？」

と、十津川は、いった。

「そうなんですが、どうも、わからないんですがね。どうして、第三の的を、失敗してしまったのか、私には、今でも、不思議で仕方ないんですよ」

と、関根は、いった。

「練習ではうまくいっていたが、本番では、緊張して、失敗したということじゃないんですか？」

と、亀井が、きいた。

「それはない」

と、関根は、きっぱりと、いった。

「どうして、ないとわかるんですか？」

「永谷礼一郎さんは、大スターですよ。だから、どんなに、緊張しても、興奮してしまって、失敗することなんてないと、私は思っているんです。ああいう人は、むしろ、緊張すればするほど、実力を発揮する、そういう人ですよ。だから、去年の九月十六日の失敗は、どうにも、訳がわからないんですよ」

と、関根は、いった。

「ということは、何か、あったということでしょうか？　たとえば、見物人の誰かが、疾走してきた永谷礼一郎さんに、向かって、小石を投げたので、それに、馬が驚いて、結果的に、的をはずしてしまったといったような、そういうことでしょうか？」

「そういう悪戯《いたずら》はちょっと考えられませんが、たとえば、整地した馬場に、たまたま小石が、一つ落ちていて、それを馬が、踏んでしまった。それで、ちょっと馬がよろけて、的をはずしてしまった。そんなことを、私は考えてはみたんですがね。しかし、このビデオを、見る限りでは、そういうことが、あったという証拠は、ありませんね」

と、関根は、いった。

十津川たちは、関根との話が終わった後で、しばらく、馬場での訓練を見ていた。

狩装束こそ、着ていないが、何人もの射手が、馬場を駆け抜けて、そこに置かれた、三つの的を次々に、馬上から射抜いていく。

矢が命中するたびに、木の的が、割れて、乾いた音を、立てた。一人、二人、三人と、射手が、駆け抜けていく。

十津川たちが、見ている限り、一人も、的をはずさなかった。

二人が見終わって、帰ろうとした時、見覚えのある男が、入ってくるのにぶつかった。

4

それは、紛れもなく、永谷礼一郎の息子、永谷敬だった。

永谷敬は、十津川たちには、気がつかずに、すぐ、馬場のほうに、歩いていった。

関根とは話がついているらしく、すぐに、馬が用意され、彼は、弓と矢を持って、馬上の人になった。

新しく、馬場に、三つの的が、用意された。

永谷敬は、軽く、馬を乗り回してから、掛け声をかけて、一直線に馬を走らせていった。彼の口から、鋭く、

「陰陽！」

という掛け声が、かかり、弓が、引きしぼられ、矢が放たれた。

第一の的が、見事に、空中にはじけ飛んだ。第二の的も、見事に粉砕される。

そして、第三の的。また、

「陰陽！」

と、永谷敬が、鋭く叫び、木の的は、真っ二つに、割れた。

思わず、十津川と亀井が拍手をすると、馬上の永谷敬が、キッとした顔になって、振り返り、二人をじっと、見つめた。

しかし、その後、二人を、無視するように、二回三回と、馬を走らせ、そのたびに、三つの的を、射抜いていった。

一時間近い訓練が終わると、永谷敬は、衣服を、着替えてから、十津川たちに近づいてきた。

「拝見しましたよ。見事なものだ。素晴らしい」

と、十津川が、先に、声をかけた。

永谷敬は、ちょっと、照れたような顔になって、

「刑事さんたちも、馬術に、興味が、あるんですか？」

と、きいた。

「馬術というよりも、流鏑馬《やぶさめ》です。馬を疾走させて、三つの的を射ていく。その行事に、私は、興味があるんです」

と、十津川は、いった。

「昨日、鎌倉に行きました。行きつけの『梅ノ木』で、食事をしたら、そこの主人が、刑事さんたちのことを、話していましたよ。何でも、先日、刑事さんが来て、僕のことを、いろいろと聞いていったらしい。その刑事さんというのは、あなたたちでは、なかったんですか？」

と、敬が、きいた。

十津川は、苦笑して、

「実はあの日、たまたま、鎌倉に、行きましてね。そうしたら、あなたの姿を、見かけた。それで、何となく、『梅ノ木』の主人に、聞いてみたんですよ。そうしたら、あなたのおとうさんが、あの店に寄贈した、流鏑馬の装束を、あなたが、また借りていった。そういっていました。おとうさんと、同じ装束を、作るんですか？」

「そういうことには、お答えしたくないんですが」

と、敬が、いった。

「ひょっとして、今年九月十六日の、鶴岡八幡宮の流鏑馬に、去年の、おとうさんに、続いて、あなたも、出場するおつもりなのでは、ありませんか？」

と、亀井が、きいた。

敬は、亀井に、目をやって、

「そういう話が、あることは、あります」

とだけ、いった。

「おとうさんの、雪辱ですか？」

と、十津川が、きいた。

「雪辱って、何ですか？」

「おとうさんは、去年の流鏑馬に、出場して、残念ながら、第三の的を、失敗してしまった。その雪辱ということですよ」

と、十津川は、いった。

「あの時の父のことはあまり、覚えていないんですよ。もし、僕が、鶴岡八幡宮の流鏑馬に、出場するとしても、それは、父とは、関係ありません。僕自身が好きだから、出場するんです」

永谷敬は、強い目で、十津川を見ながら、いった。

5

十津川と亀井の二人が、車に戻ると、車体が夏の暑さで、焼けていた。車内も、ムッとするような暑さである。

「こりゃ、たまらん」

と、十津川は、笑い、車を、そばの、木陰まで移動してから、近くにあった、喫茶店に、入っていった。

喉《のど》が乾いたこともあるが、落ち着いたところで、今会った、永谷敬について、話し合いたかったのである。

二人はアイスコーヒーを、頼んでから、亀井が、

「間違いなく、永谷敬は、今年の流鏑馬に、出るつもりですよ」

と、いった。

「そうだな。その練習を、しているんだ」

と、十津川も、いった。

「父親の雪辱戦でしょうか？」

「ただ単純に、父親の雪辱戦ならば、いいんだが——」

と、十津川は、語尾を、濁した。

「ということは、去年に続いて、今年の流鏑馬でも、何かを、賭《か》けようとしているんでしょうか？」

と、亀井が、いった。

「おそらくね」

と、十津川が、短く、いった。

アイスコーヒーが運ばれてくる。それを一口飲んでから、十津川は、

「こういう推理は、したくないんだが」

と、いった。

「笠原卓、南条直道の二人と、永谷敬が、賭けたということですか？」

と、亀井がいった。

「もちろん、そうなってくる。だから、この推理は、あまりしたくないんだ」

と、十津川は、いった。

「そうですね」

と、亀井も、うなずく。

「笠原卓、南条直道の二人と、永谷敬が賭けたとすると、必然的に、これまでの殺人事件のことが考えられますね」

「そのとおりだ」

「やはり、例の四人組のうちの、坂井京子と石川一也を、殺したのは、永谷敬ということになって、しまいますか？」

と、亀井が、いった。

十津川は、笠原卓と、南条直道の二人のことを、思い出していた。彼らは、今まで、

自分たちも、殺されるのではないかと、脅えていたのだ。

それが、先日会ってみると、いやに、陽気になっていた。あの脅えた表情は、どこかに、消えてしまっていたのだ。

その表情を、犯人が、十津川は、思い出していた。

あれは、犯人が、死んでしまったと、思ったのか、あるいは、犯人との間に、何か協定が、できたとしか、考えようがない。

そのことを、考えると、どうしても、十津川の想像は、暗いほうへと、向かってしまうのである。

その暗い方向に、殺人事件の犯人として、永谷敬の顔が、浮かんでくる。

そして、もう一つは、北鎌倉の、閻魔堂《えんまどう》にいた、永谷敬の姿である。そこで、彼は、一時間近くも、閻魔大王と、向かい合っていた。

あの時、彼は、何を考えていたのだろうか？

今になってみると、はっきりした形が、見えてくるのである。

彼の父親は、アメリカで、自殺した。しかし、彼は、父親が、例の四人によって、殺されたと、考えたのではないのか。だから、父の仇《かたき》を討つために、坂井京子と石川一也の二人を、殺した。

彼は、閻魔堂で、閻魔大王と向かい合い、自分の犯した罪について、じっと、考えていたのではないだろうか？

そして、永谷敬は、あとの二人、笠原卓と南条直道を、殺す代わりに、二人に、向かって、父親と、同じ賭けを、申し込んだのではないだろうか？

十津川は、テーブルの上に、灰皿が置かれているのを、確認してから、タバコを、取り出して火をつけた。緊張すると、どうしても、タバコが、吸いたくなってくる。

「いったい、永谷敬は、何を、賭けたんだろうか？」

と、十津川は、声に出していった。

亡くなった父親は、十五億円の融資と、自分の右手の小指を、賭けて、鶴岡八幡宮の、流鏑馬に出場した。

そして、その賭けに、負けて、融資はうけられず、右手の小指だけを、失ってしまった。そして自分の人生に幕を引いた。

「息子の永谷敬のほうは、映画を、作る話も、聞いていませんから、融資を賭けの対象にはしていないでしょう」

と、亀井が、いった。

「しかし、何かを、賭けたんだ。それも、途方もない、大きなものをね」

十津川が、いった。

「しかし、何を賭けたのか、想像しにくいですね。今もいったように、永谷敬は、映画を作る野心は、持っていないのですから、融資話はないと、思います。といって、笠原卓と南条直道の二人は、金以外に、賭けるものを、持っているとも思えません。また、永谷敬のほうですが、何を、賭けたのでしょうか？　彼の父親は、われわれの想像では、右手の小指を、賭けました。時代劇俳優の彼にとって、右手の小指は、大事なものですから、賭ける価値が、あったわけです。しかし、映画俳優ではない、今の永谷敬にとって、右手の小指が、なくなっても、どうということは、ないでしょう。とすると、賭けるものが、ちょっと、見当たらないんですよ」

と、亀井が、いった。

確かに、亀井のいうとおり、十津川にも、永谷敬と笠原卓たちが、何を賭けたのか、想像がつかなかった。

しかし、何かを、賭けたことだけは、間違いないのだ。

そして、その賭けを、めぐって、間もなく、九月十六日の、鶴岡八幡宮の例大祭で、永谷敬は流鏑馬《やぶさめ》に、出場するだろう。

6

捜査本部に戻ってからも、賭けのことが、十津川の頭から、離れなかった。

何とかして、九月十六日の流鏑馬の日までに、その賭けの内容を、知りたかったのだ。

十津川は、笠原卓、南条直道の二人と、永谷敬について、もう一度考えてみた。

笠原卓は、三鷹の豪邸に住み、南条直道のほうは、伊豆に、二億円の別荘を買い、優雅に、暮らしている。

二人とも、大金を持ち、そして、十津川に向かって、今でも、賭けを楽しみたいといっていた。

十津川が、大金で、人の心を、弄《もてあそ》ぶようなマネを、しているのではないかといっても、二人とも、それが、楽しいといい、恥じないでいるのだ。

逆に考えれば、笠原と南条の二人には、金以外に、賭けるものがないということでも、ある。

だから、九月十六日の流鏑馬で、永谷敬と、何かを、賭けたとすれば、やはり、金以外に、考えられないのである。それも、大金だろう。

一方、永谷敬のほうは、父が、偉大な映画俳優だったにもかかわらず、音楽関係の仕事についている。これは聞いた話だが、父親の作った借金を、やっと、返し終わったところで、質素な、暮らしをしているという。

それに、映画俳優でも、ないのだから、父親と同じように、小指を、賭けるわけにも、いかない。第一、それでは、笠原卓も南条直道も、承知しないだろう。

とすると、永谷敬のほうは、何を、賭《か》けたのだろうか？

「カメさんは、どう考えるね？」

と、十津川は、きいてみた。

「そうですね」

と、亀井は、しばらく考えていたが、

「笠原卓と南条直道のほうは、金でしょう。いくら考えても、あの二人には、金以外に、賭けるものは、ありませんよ。それも、大金です。だから今度も、大金を賭けて、相手の心を、弄ぶ気ですよ」

と、亀井は、いった。

「じゃあ、それに対して、永谷敬は、何を賭けたと思うね？」

と、十津川は、きいた。

「ひょっとすると、命では、ありませんかね？」

と、亀井がいった。

「命？　永谷敬の命か？」

「そうです。死んだ父親が、借金をしていたために、彼には、それほどの財産が、ないと思います。それに、何か、素晴らしい技術を、持っているという話も、聞いていないませんから、笠原卓と南条直道の、大金に対して、永谷敬が、賭けられるものといえば、自分の命しか、ありませんよ」

と、亀井がいった。

「しかし、それで、笠原と南条のほうは、承知するだろうか？」

と、十津川は、いった。

「するかも知れません。何しろ、永谷敬が、二人の人間、坂井京子と石川一也を殺したとすれば、その犯人が、自らの命を、絶ってくれるんです。笠原と南条の二人は、これから先、安心して、のんびりと、暮らせますからね。そう考えて、この賭けに、応じたかも知れませんよ」

と、亀井は、いった。

「命か」

と、十津川は、つぶやいた。

九月十六日の流鏑馬で、三つの的を、すべて射抜けば、賭けは、永谷敬の勝ち。もし、一つでも、失敗すれば、賭けは、笠原卓、南条直道のほうの勝ち。おそらく、そういうことになっているのだろう。

もし、永谷敬が、自分の命を賭けたとすれば、笠原卓と南条直道は、いくらの金を、賭けたのだろうか？

　それにもう一つ、永谷敬は、どうして、そんな賭けに、応じたのか、いや、自ら、申し込んだのだろうか？　その先に、彼は、何を期待しているのだろうか？

第六章　射殺

1

永谷敬が、何を考えているのか。また、笠原卓と、南条直道の二人が、永谷敬との間に、どんな賭けをしたのか。

十津川たちは、それを、知りたかったが、なかなかつかめないまま、九月十六日の祭りの日が、近づいていった。

笠原卓と南条直道の二人の動きは、少なかったが、永谷敬は、毎日のように、日本古式馬術連盟に、通って、流鏑馬《やぶさめ》の稽古《けいこ》を、重ねていた。

その日も、十津川と亀井は、馬場で、永谷敬が、流鏑馬の稽古をするのを見つめていた。

亀井は、ビデオカメラを、持ち込んで、その稽古をカメラに収めた。

直線の馬場に、的が置かれていたが、少しいつもと違うことに、十津川は、気がついた。

いつもは、直線の馬場の、片側にだけ、三つの的が、間隔をおいて、置かれるのだが、今日はなぜか、反対側の場所にも、三つの的が、置かれていた。

そのことに、十津川は、首をかしげた。

流鏑馬の神事は、京都でも、鎌倉でも、行われるが、いずれも、馬場の片側にだけ、的が置かれている。それなのに、今日はなぜか、馬場の両側に、的が置かれているのだ。

「おかしなことを、やりますね」

と、亀井が、ビデオカメラを構えながら、十津川に、いった。

「両側の的を、射るつもりですかね」

「的を両側に、並べれば、往復して、練習できるからかも知れないぞ」

と、十津川は、いった。

「しかし、流鏑馬というのは、神事ですよ。今でも、小笠原《おがさわら》流にのっとって行われていると、聞いたことがあります。的の置き場所も厳密に決まっているはずですから、両側に置くというのは、神事に、背きますよ」

と、亀井が、いった。

しかし、三つの的が、馬場の両側に置かれたまま、永谷敬の稽古が始まった。

今日は、何人もの射手が走るのではなく、どうやら、永谷一人の稽古のために、的が、設定されたらしい。

やがて、馬に乗り、鏑矢《かぶらや》を背負い、弓を持った、永谷敬が現れた。

いつものように、軽く、馬を乗り回してから、いきなり、馬場を、疾走し始めた。

いつもなら疾走しながら、左手に並ぶ的を、次々に射っていくのだが、今日は違っていた。

永谷敬は、馬を走らせながら、弓を構える。そして、急に、体の向きを変えて、右側に、並んでいる三つの的を、めがけて、矢を放ち始めたのだ。

誰が見ても、少し無理な、姿勢のように、思えた。

それでも、永谷敬は、馬を走らせながら、次々に、矢を射っていく。

しかし、慣れない姿勢のためか、第一、第二、第三の的を、いずれもはずしてしまった。

いつもなら、弓に矢をつがえ、左手に向かって、的を射るのだが、それを、今日は、体をひねるようにして、反対側の的を、射っている。だから、いずれも、はずしてしまったのだろう。

それでも、永谷敬は、元の場所に、引き返すと、また、馬を走らせて、同じことを、繰り返していった。

馬を走らせながら、まず、通常の、左手に並ぶ的に向かって、矢をつがえる。しかし、急に、体をひねって、逆方向の的を射るのだ。

それを、何度も、何度も、繰り返す。

午前十時頃から、暗くなるまで、短い休みを、入れながら、永谷敬は、同じことを繰り返していた。的には、ほとんど当たらない。

十津川には、なぜ、そんなバカなことをするのかが、わからなかった。

次の日も、馬場では、永谷敬が、同じ訓練をするのを、十津川と亀井は、遠くから眺めていた。

「わかりませんねえ。どういうつもりなんですかね？」

と、亀井が、つぶやいた。

彼が、不思議がるのも、無理はない。九月十六日の、鎌倉八幡宮の流鏑馬では、いつもどおり、馬場の左側に、的が三本立てられるはずだからだ。

小笠原流によれば、射手が走り出す場所から見て、向かって、左側に的を立て、そこは男埒《おらち》と呼び、その反対側は、女埒《めらち》と、呼ばれている。見物人の多くが、女埒のほうに、いるわけで、そちらに、的を立てることはないのだ。

それなのに、なぜ、永谷敬は、こんな、変則的な、練習をするのだろうか？

二日目の稽古が終わった後、十津川は、関根師範に、この奇妙な、稽古について、きいてみた。

「私にも、わからんのですよ」

と、関根は、苦笑してみせた。

「永谷さんが、どうしても、こういう稽古を、したいというので、馬場の両側に、三本の的を立てているのです。理由は、きいても、教えてくれません」

「しかし、こんな稽古は、九月十六日の、流鏑馬には、何の役にも立たないでしょう。違いますか？」

と、十津川は、いった。

「そうですね。私も、普通の稽古、つまり、馬場に向かって、男埒のほうに、的を置いて稽古したほうがいいと、思っているんですがね」

と、関根は、いった。

「永谷敬さんは、こんな練習をする理由を、何といっているんですか？」

と、十津川は、きいた。

「それが、今もいうように、理由を教えてくれないんです。とにかく、馬場の両側に、的を立てて欲しいというだけですから。ウチとしては、おとうさんの頃からの、知り合いですから、むげに、断るわけにもいかないし、これは、九月十六日の、祭りの神事とは、関係ない、ただの稽古だと思って、永谷敬さんの希望どおりに、しているんです」

と、関根は、いった。

翌日も、三日連続して、永谷敬は、同じ稽古をした。初日は、ほとんど的に当たらず、二日目も半分ぐらいは、失敗していたが、三日目になると、体をひねるような、無理な姿勢でも、第一、第二と、的を射抜いていき、第三の的も、半分ぐらいは成功した。

稽古が終わって、汗を拭《ぬぐ》っている永谷敬に近づいて、十津川は、

「拝見しましたが、ちょっと変わった、稽古をしていますね。これは、どういうつもりなんですか？」

と、きいてみた。

永谷敬は、額の汗を、拭《ぬぐ》いながら、

「いつものとおり、馬場の左側に並ぶ、的ばかり射っていたのでは、退屈してしまうんですよ。ですから、時々、ちょっと、変則的な、稽古もしてみるんです。よく野球のバッターが、やるじゃありませんか。左バッターが時々、右のバッターボックスに入って、バットを振ることが、あるでしょう？　あれと同じですよ」

と、永谷敬は、いった。

何だか、わかったような、わからないような説明だった。

「鎌倉八幡宮で、聞いたのですが、今年の流鏑馬に、あなたが出場することが、決ま

ったようですね？」

　と、十津川は、永谷敬に、いった。

「そうなんです。やらせていただくことになりました。父親のように、うまくはいかないでしょうが、全力を尽くすと、鎌倉八幡宮には誓いました」

　と、永谷敬は、殊勝な口調で、いった。

「いったい、何のために、出場するんですか？」

　と、亀井が、不遠慮に、きいた。

「父のように、一度、流鏑馬《やぶさめ》の神事に、参加したかったからですよ。幸い、鎌倉八幡宮のほうから、許可されたので、喜んでいます。そのために、毎日こうして稽古《けいこ》をしているんです」

　と、永谷敬は、いった。

「それだけですか？」

　と、十津川が、きいた。

「それだけじゃ、いけませんか？　僕も日本人ですからね。流鏑馬の神事に、興味を持ったって、いいでしょう？」

「私には、ただそれだけだとは、思えませんがね。何といっても、あなたのおとうさんが、去年の、流鏑馬の神事に、失敗して、その後、アメリカで、亡くなっていますからね。そのことと、関係があるのでは、ありませんか？」

と、十津川は、きいた。

「父の死とは、何の関係も、ありませんよ。僕自身が、流鏑馬の神事に、興味を持ったから、参加しようとしているんです」

と、永谷敬は、微笑した。

「笠原卓と、南条直道という、二人の男の人について、何か、ご存じありませんか？」

と、十津川は、きいた。

「そういう名前の人は、まったく、知りません」

と、永谷敬は、いった。

しかし、ことさら、「まったく」という言葉を使ったことに、十津川は、引っかかった。どうも、否定が強すぎるのだ。

逆にいえば、それは、知っているということでは、ないのか？

しかし、これ以上、笠原卓と南条直道についてきいても、永谷敬は、知らないと、いい続けるだろう。

2

四日目、永谷敬は、馬場ではなく、鎌倉にいた。

その日、鎌倉には、京都から、小笠原流の宗家が、来ていると、十津川は、知らされていた。

九月十六日の、流鏑馬の神事に、参加するために、小笠原流の宗家と一門が、京都から来ていたのだ。

この日、永谷敬は、珍しく和服姿で、小笠原流の宗家たちが泊まっている、鎌倉市内のホテルに入っていった。十津川たちが、フロントで確かめると、永谷敬は、小笠原流の宗家に、会いにきたのだという。

何を話しにきたのかを、知りたくて、十津川と亀井は、永谷敬が、帰ってから、小笠原宗家に会った。

十津川は、正直に、自分たちが、警視庁捜査一課の刑事であることを、告げてから、

「今日、永谷敬さんが、みえましたね？」

宗家は、微笑して、

「今、お帰りになりましたよ」

と、いった。

「何の用で、永谷さんは、訪ねてみえたんですか？」

と、十津川が、きいた。

「九月十六日の、鎌倉八幡宮の、流鏑馬神事について、お話しに、みえられたのですよ。昔から、流鏑馬の神事は、私ども、小笠原一門が奉仕させていただいております。その十六日の流鏑馬に、永谷さんが、三人目の射手として、参加するので、そのことで、挨拶《あいさつ》にみえられたんです。もちろん、前々から、そのことは、わかっていたんですが、それでも、わざわざ挨拶に、みえられました。私は、あの方のおとうさんのこともよく知っていて、流鏑馬の神事について、おとうさんに、お教えしたことがあるんですが、おとうさんに似て、とても律儀な青年ですね」

と、宗家は、いった。

「彼は、九月十六日の、流鏑馬の神事に、参加するので、挨拶に来ただけですか？」

と、十津川は、きいた。

「そうですが、他に、何かあるんでしょうか？」

と、今度は、宗家のほうが、きいた。

「いや、何もありません。私も、実は、永谷敬さんの、おとうさんのファンでしてね。ぜひ、九月十六日の流鏑馬の神事が、成功すればいいと思っております」

と、十津川は、あわてて、いった。

ホテルを出たところで、亀井は、

「永谷敬は、果たして、流鏑馬のことで、小笠原宗家に、挨拶に来ただけでしょうか？」

と、十津川を見た。

「小笠原宗家が、ウソをつくはずはないから、おそらく、そのとおりなんだろうと、思うね」

と、十津川は、いった。

「しかし、私には、どうしても、それだけではないような、気がするのですが」

と、亀井が、いった。

「じゃあ、カメさんは、どう思っているんだ？」

と、十津川は、きき返した。

「九月十六日の今回の流鏑馬の神事について、私は、永谷敬が、笠原卓や、南条直道と、賭《か》けをしたと思っているんです。それも、ただの賭けではなくて、自殺した父親の、仇《かたき》を討つためだと、私は思っています。ですから、何が起こるか、わかりません し、また、三日間の馬場での稽古で、妙な、変則的な、的を射る稽古をしていたじゃないですか。あれは、明らかに小笠原流の作法には反しています。ですから、私は、それを詫《わ》びに来たのだと、思っているのですが」

　と、亀井は、いった。

「しかし、流鏑馬の始まる前に、そんなことをいったら、永谷敬は、流鏑馬の神事に、参加できなくなるよ。そんな変則的なことを、小笠原宗家が許すわけはないからね。何といっても、これは、神事なんだから。したがって、今日、永谷敬が、そういう話を持って、ここに来たとは思えない」

　と、十津川は、いった。

「じゃあ、警部は、ただの挨拶だと、思っているんですか？」

　と、亀井は、いった。

「表面上は、間違いなく、ただ、挨拶に来たのだと思う。しかし、私も、カメさんのいうとおり、十六日の流鏑馬の神事で、永谷敬が、何かを、やろうとしていることは、間違いないと思っているんだ」

　と、十津川は、いった。

　次の日も、日本古式馬術連盟の馬場で、永谷敬は、同じように、馬場の両側に、的を並べるような、変則的な、稽古を続けた。

　馬を疾走させ、普通に弓を構える。そして、急に、馬上で、体をひねって、反対側の的を、射るのである。それを、同じように、一日中、繰り返していた。

亀井は、それを、ビデオカメラに、収めながら、

「何回見ても、わかりませんね。馬場の左側には、九月十六日も、三つの的が、並ぶわけでしょう？　そして、反対側には、観客席が、あるんじゃないですか？　そこに向かって、矢を射るなんて危険きわまりない。何で、あんな稽古《けいこ》をするのか、わかりませんね」

と、何度も、首をかしげていた。

十津川にも、わからない。しかし、永谷敬のその稽古は、何回も繰り返され、鬼気迫るものがあった。

3

鎌倉八幡宮の例大祭は、九月十四日の宵宮祭りで始まり、九月十五日は例大祭のハイライトで、神幸祭《しんこうさい》行列が行われる。

この日は、三基の神輿《みこし》が担がれ、若宮大路に、人があふれるのだ。そして、三日目の十六日には、流鏑馬《やぶさめ》の神事が、行われる。

例大祭の一日前の十三日に、永谷敬は、朝早く、父親の墓のある、鎌倉市内の寺に、向かった。

十津川たちは、永谷敬が、何を考えているのかを、知りたくて、連日、彼を、尾行していた。

その日も、西本と日下の、若い二人の刑事が、父親、永谷礼一郎の墓に、花を捧《ささ》げる永谷敬を、尾行していた。

永谷敬は、墓前にひざまずくと、長い時間、何か、祈りを捧げていた。

その後、寺の住職と、二十分ばかり、話してから、永谷敬は、帰っていった。

西本と日下が、その後、寺の住職に、会って、話を、聞いた。

「永谷敬さんは、久しぶりに、おとうさんの、お墓参りに来ましてね。ひょっとすると、自分は、しばらく日本を離れてしまうかも知れないので、その時は、父の墓の供養を頼むと、いわれたのですよ」

と、住職は、いった。

「どうして、日本を離れるのか、理由をいいましたか？」

と、西本が、きいた。

「自分は、海外で、いろいろと勉強したいので、鎌倉八幡宮の、例大祭が終わったら、アメリカに行くかも知れない。そういわれていましたよ」

と、住職は、いった。

「九月十六日の、例大祭が終わったら、日本を離れると、いったのですね？」

と、西本が、確認するように、きいた。

「そうです。そういわれました。そして、おとうさんのお墓の供養を頼むといって、お金を、預けていかれたのです」

と、住職は、いった。

どうやら、永谷敬は、何か、覚悟をして、九月十六日の、流鏑馬の神事を迎えるつもりでいるらしい。このことは、西本と日下から、すぐ、十津川に、知らされた。

「永谷敬は、やはり、九月十六日に、何かやるつもりですよ」

と、亀井が、いった。

「私もそう思うが、しかし、何かやりそうというだけでは、彼を、逮捕することは、できないよ」

と、十津川は、いった。

「しかし、京都で、坂井京子を殺し、東京で、石川一也を殺したのは、私は、永谷敬だと、思っています。それが証明できれば、今すぐにでも、彼を、逮捕できるんじゃありませんか？」

と、亀井が、いった。

「しかし、彼には、アリバイが、あるんじゃなかったかね？　彼がアメリカにいたという、アリバイだよ」

と、十津川が、いった。

そのアリバイがあるために、十津川も、永谷敬が犯人だと思いながら、逮捕状を、請求できずにいるのである。

「それでは、このまま黙って、明日《あした》からの、鎌倉八幡宮の、例大祭を迎えるんですか？　そして、三日目の、九月十六日の、流鏑馬神事を、迎えることになるのですか？」

と、亀井が、不満そうに、いった。

「今のままでは、どうすることもできないよ。永谷敬が、流鏑馬の神事に、参加することを、止めることはできないし、その稽古がおかしいからといって、逮捕状も、請求できない」

と、十津川は、いった。

「永谷敬と、いちばん親しくしている友人を、見つけて、話を聞いてみましょう」

と、亀井が、いった。

見つかったのは、永谷敬と同じ大学を出て、現在、法律事務所で働きながら、司法試験の勉強をしている、小田雅則という男だった。

卒業後の今も、永谷敬と、付き合っているという。

十津川と亀井は、その小田雅則を、東京目黒《めぐろ》の自宅マンションに、訪ねていった。

小田のマンションの部屋には、司法試験を受けるというだけあって、本棚に、法律関係の書籍が、ずらりと並んでいた。

十津川は、単刀直入に、

「永谷敬さんとは、親友だそうですね？」

と、きいた。

「向こうが、どう思っているかはわかりませんが、僕は、彼を親友だと、思っていますよ。何しろ、高校大学と、一緒でしたし、いいことも悪いことも、一緒に、やりましたから」

と、小田は、明るく笑った。

「大学を卒業してからも、親しく付き合っていらっしゃるんでしょうね？」

と、亀井が、きいた。

「忙しくなったので、毎日、会うというわけにはいきませんが、それでも、よく会っていますね」

と、小田は、いった。

「あなたの目から見て、最近の永谷敬さんの様子は、どうですか？」

と、十津川が、きいた。

小田は、変な顔をして、

「彼が、何か、事件を起こしたんですか？」

と、きく。

「いや、何もしてはいませんが、実は、私は刑事としてではなく、個人的に、永谷敬さんの、お父さんの、永谷礼一郎さんの、ファンだったんですよ。それに、鎌倉八幡宮で行われる、流鏑馬の神事にも、興味がありましてね。去年、永谷礼一郎さんが、それに出られて、今年は、息子さんの永谷敬さんが、出られることになっているんです。私としても、ぜひ、それを見に行きたいんですが、そのことについて、永谷敬さんは、あなたに、何かいっていませんでしたか？」

と、十津川は、きいた。

「出ることは、知っていますよ。彼から聞きましたから」

とだけ、小田は、いった。

「どうして出るか、その理由を、いいましたか？」

と、亀井が、きいた。

「直接には、いいませんが、おとうさんのことを、しきりにいっていましたね。オヤジが、鎌倉八幡宮の流鏑馬の神事に、参加したので、自分も急に、参加したくなった。それで、申し込んだ。そういっていましたよ。だから、やはり、おとうさんの影響じゃありませんか？」

と、小田は、いった。

「しかし、永谷敬さんは、おとうさんのように、俳優には、なっていない。そうでしょう？　それなのに、なぜ、おとうさんの後を継いで、流鏑馬《やぶさめ》の神事には出場するんでしょうかね？」

「おそらく、狩装束を着たオヤジの、颯爽《さっそう》とした姿に、憧《あこが》れたんじゃありませんか？　あれは、何回見ても、格好いいですからね」

と、小田は、いった。

「永谷礼一郎さんは、アメリカで、亡くなっています。それは、ご存じですね？」

「もちろん、知っていますよ」

「飛行機事故だと、いわれていますが、自殺だったという人もいる。そのことについて、永谷敬さんは、あなたに、何か、話していませんか？」

と、亀井が、きいた。

「自殺か、あるいは、事故か、そういうことですか？」

と、小田が、きき返した。

「ええ。それについて、何か、いっていませんか？」

と、十津川が、重ねて、きいた。

「彼は、おとうさんの死んだことについては、あまり、話したがらないようなんですよ。やはりショックだったんでしょうね。だから、僕もそのことには、触れないようにしています」

と、小田は、いった。

「あなたは、九月十六日の流鏑馬神事は、見に行かれるのですか？」

と、十津川が、きいた。

「そうですね。見に行きたいんだが、行かれないかも知れない。行かれない時は、テレビで見ますよ」

と、小田が、いった。

「最後に、おききしたいのですが、永谷敬さんは、今日、おとうさんの、墓参りに行って、寺の住職に、こういっているんです。自分は、日本を離れて、外国に行く。しばらく帰ってこないかも知れないので、父親の供養について、よろしくお願いしますと。彼は、あなたには、何かいっていませんか？　日本を離れて、外国に行くということに、ついてですが？」

と、十津川は、きいた。

「あいつは、日本より、外国のほうが、性に合うといっていますからね。いつか、日本を離れてアメリカか、あるいは、オーストラリアなんかに、永住することになるんじゃありませんか」

と、小田は、いった。

4

九月十四日からの鎌倉八幡宮の例大祭が始まった。十四日の宵宮祭り、十五日の本祭りが、いずれも晴天で、たくさんの人出があった。

しかし、十津川たちの関心は、やはり、三日目、十六日の流鏑馬の神事に、向けられていた。

九月十六日も、朝から、快晴だった。

十津川たちは、揃って、鎌倉八幡宮に向かった。そこで何が、今日、行われるのか、予測がついていない。

鎌倉八幡宮の舞殿《まいどの》では、三人の射手が神酒《みき》をいただき、というのである。

二人の射手は、小笠原流の一門の人で、三人目が、永谷敬だった。

永谷敬は、新調した狩装束を着て、緊張した表情でいた。

やがて、神事が始まった。

三人の射手は、鎌倉時代の狩装束に身を固め、背中に鏑矢《かぶらや》を負い、弓を持って、舞殿の階段を降りていく。

まず、馬に乗って、調教を始める。

各役目の人々が、馬場に、散らばっていった。すでに、二百六十メートルの馬場には、見物人が集まっていた。もちろん、そこには、十津川たちもいた。

紅白の扇で馬場の安全を確かめてから、神事の開始が告げられる。それに合わせて、第一の射手が、東の馬場先から、西の馬場末に向かって馬を進めていった。

「陰陽！」

大きく叫び、馬を疾走させながら、一の的を射る。命中して、的板が砕け散った。すぐに、箙《えびら》から矢を抜き、弓につがえ、第二の的を射る。これも成功した。

第三の的も、見事に射抜いて、見物席から大きな拍手が、起きた。

続いて、二番目の射手が、一番目の射手と同じように、馬場元役の扇の合図とともに、馬を走らせていった。

二番目の射手も、見事に、第一から第二、第三の的まで、射抜いていった。

そして、三番目の射手として、永谷敬が出てきた。

見物席から、十津川たちは、じっと、永谷敬の動きを、見ていた。

永谷敬が、むちを上げ、馬が走り出す。疾走する馬上で、弓をつがえる。

「陰陽！」

と大きく叫びながら、第一の的を射た。見事に、的板が割れて、飛び散った。見物席から大きな拍手が生まれる。

続いて、第二の的も見事に射抜いた。また、拍手が起きた。

そして、永谷敬は、第三の的に向かって、馬を疾走させていった。馬上で、第一、第二の的と同じように、鏑矢を、弓につがえて、大きく引き絞った。そして、見物人の誰もが、第三の的に命中して、的板が砕け散るのを、期待した。

しかし、突然、永谷敬は、弓を構えたまま、急に、体をひねった。彼の目が、馬場の右側に向く。見物席から、得体の知れない、どよめきが起きた。そのまま、永谷敬は、矢を放った。

5

見物席の一角から、悲鳴が上がった。見物席の後方で、男が、悲鳴を上げたのだ。永谷敬の放った矢が、その男の胸に、突き刺さっていた。男は、悲鳴を上げながら、その場に、倒れていく。

馬上の永谷敬は、そのまま、まっしぐらに、馬を走らせていき、柵《さく》を飛び越えて、浄光明寺《じょうこうみょうじ》のほうに、馬ごと、消えてしまった。

一瞬、見物席が、何ともいえない、沈黙に包まれた。

その後で、急に、騒ぎ始め、警備に当たっていた警官たちが、パトカーに走りよると、飛び乗って、永谷敬の消えた方向に、向かって、パトカーを、走らせていった。

その一方、救急車が呼ばれて、胸を射抜かれた男を乗せ、サイレンを鳴らしながら、救急病院に、向かって走っていった。

十津川たちも、事故の起きた場所に向かって、駆け出していた。

十津川の目は、胸を射抜かれた男が、中年であることだけは、確かめていた。しかし、どこの誰であるかは、まだわからなかった。

警備中の県警の警官に、向かって、十津川は、警察手帳を見せ、

「救急車が、怪我人を運んでいった病院を、教えてくれ！」

と、怒鳴った。

県警の警官が、病院の名前を教えてくれる。

十津川たちは、乗ってきたパトカーに飛び乗ると、教えられた、市役所通りの、S病院に向かって、パトカーを、走らせていった。

6

十津川と亀井は、病院に、飛び込むと、

「今、鎌倉八幡宮で、事故があって、ここに怪我人が、運ばれてきたと思うんだが、今、どこにいますか？」

と、きいた。

「手術室に運ばれて、緊急手術を、受けています」

と、受付が、答えた。

「どこの誰だか、わかりますか？」

と、十津川が、きいた。

「まだわかりませんけど、今、県警の人が、来て調べていますから、すぐわかると思います」

と、相手は、いった。

待合室で待っていると、県警の若い刑事が、出てきた。

そこにいる十津川に向かって、

「今、運転免許証から、怪我人の身許《みもと》が、わかりました。笠原卓という人です」

と、いった。

十津川と亀井は、顔を見合わせた。あの笠原卓だろうか？　いや、それに間違いないに、決まっている、十津川は、直感で、そう思った。

おそらく、永谷敬は、相手が、笠原卓と知っていて、殺すつもりで矢を放ったに違いない。「陰陽！」と叫びながら。

笠原卓の緊急手術は、五時間に及んだ。一時的に、助かる方向に向いていたが、夜になると、医者が、笠原卓の死亡を、伝えた。

十津川と亀井は、病院の待合室で、笠原卓の死を、知らされた。彼の持っていた免許証も、県警の刑事が、見せてくれた。

間違いなく、あの笠原卓だった。医者の説明によれば、矢は、笠原卓の胸を、射抜いており、死因は、ショック死だという。

翌日は、朝から、事件の捜査が、始まった。

十津川たちは、鎌倉の警察署で、その捜査の状況を、見ていた。

県警の刑事たちは、事件の直後、パトカー三台で、永谷敬の後を追ったのだが、彼は、馬に乗ったまま、亀ヶ谷坂《かめがやつざか》の切通しを駆け抜けて逃亡、パトカーは、追いつけず、その後、朝になって、彼が乗っていたと思われる馬が発見されたという。

しかし、永谷敬は、見つからなかった。

もう一つ、わかったことがあった。それは、笠原卓が、倒れた場所で、改造した、エアガンが見つかったということだった。

そのエアガンには、鉛の入ったプラスチック弾丸が詰まっており、市販のものに比べて、はるかに、強力なものだとわかった。銃床には、笠原卓の指紋があり、彼が、

　そのエアガンを持って、見物席の一角にいたことは、間違いなかった。

　テレビが、この事件を、大きく報道し、新聞もまた、一面でこの事件を扱った。そのいずれもが、

「鎌倉八幡宮の例大祭で、凶事！」

　と、叫んだ。

　鎌倉八幡宮側は、

「予期していなかったことで、困惑している」

　と、談話を発表し、祭りの警戒に、当たっていた神奈川県警も、

「予期していないことで、防ぎようがなかった」

　と、発表した。

　死んだ笠原卓については、まだ、何も発表されず、見物人の一人が、永谷敬の放った矢が、胸に当たり、死亡したとだけ伝えた。

「南条直道に会いに行こう。彼も危ないかも知れないぞ」

　と、十津川が、亀井に、いった。

　二人はすぐ、南条直道が、買い取って住んでいる伊豆の別荘に向かって、パトカーを飛ばした。

　南条直道は、無事だった。しかし、別荘で二人を迎えた南条は、青白い顔をしてい

た。

二人は、広いリビングで、彼に会ったのだが、リビングの大きなテレビも、鎌倉の事件を伝えていた。

おそらく、南条も、すでにニュースで、事件のことを知っているに違いない。だから、脅えた表情を、しているのだ。

十津川は、向かい合って座ると、

「昨日の鎌倉八幡宮の流鏑馬《やぶさめ》で、見物席にいた笠原卓さんが、矢で、胸を射抜かれて死にました。それは、ご存じでしょうね？」

と、南条に、きいた。

「ええ、知っていますよ。テレビを見ていましたからね」

と、南条は、低い声で、いった。

「それで、どう思いました？」

と、亀井が、きいた。

「どう思うって、祭りの警備が、なっていないじゃや、ありませんか？　見物人の一人が、殺されたんですよ」

と、南条は、怒ったように、いった。

「犯人は、永谷敬です。永谷礼一郎の息子のね。おそらく、それももう、ご存じですよね？」

と、十津川が、いった。

「知っていますよ。だから早く、永谷敬を、捕まえてくださいよ」

と、相変わらず、南条は、怒ったような口調で、いった。

「もちろん、われわれも、永谷敬を捕まえるつもりでいますが、それには、南条さん、あなたの協力が、必要なんですよ」

と、十津川が、いった。

「どうして、ボクの協力が、必要なんですか？　犯人は、もうわかっているんでしょう？　そして、永谷敬は、馬に乗ったまま、現場から、逃げたというじゃありませんか。早くパトカーで、追いかけて、捕まえてくださいよ」

と、南条は、いった。

「県警の刑事が追ったのですが、行方を見失っています。ひょっとして、あなたは、永谷敬の行方を、知っているのではありませんか？」

と、十津川が、南条に、きいた。

「どうして、ボクが知っているんですか？　知るはずがないでしょう」

と、南条が、いった。

「では、笠原卓さんは、どうして昨日、流鏑馬神事の時に、見物席にいたんでしょうね？　しかも、笠原さんは、改造したエアガンを、持っていたんですよ。エアガンで、何をしようと、していたんでしょうね？」

と、十津川は、きいた。

「そんなこと、ボクにわかるはずがないじゃないですか。彼は、勝手に、流鏑馬を見に行ったんでしょう。ボクはここで、じっとしていましたからね、何も、わかりませんよ」

と、南条は、いった。

「笠原さんとあなたとは、永谷敬と賭《か》けをしたんじゃありませんか？」

と、十津川が、いった。

「賭けって、何ですか？」

と、南条が、きく。

「あなたがた四人が、これまでにやってきた、賭けのことですよ。大金を出して、相手の面子《メンツ》を、ズタズタにしてしまう。そして、あなたがたは、快哉《かいさい》を叫ぶ。そういう賭けのことですよ。永谷敬の、父親の、永谷礼一郎に対しても、あなたがたは、そういう賭けを、持ちかけて、勝ったんじゃありませんか？　そのために、永谷礼一郎は、アメリカで、自殺してしまった。そうなんじゃありませんか？」

と、十津川は、いった。

「勝手な想像で、そんなことをいわれても、困りますね。確かに、われわれ四人は、賭け事が好きですよ。しかし、私たちが、あの偉大な、俳優の永谷礼一郎さんを、自殺に追いやったなんて、とんでもない話だ。名誉毀損《きそん》で、警察を告訴しますよ」

と、南条は、いった。

「それなら、どうして、昨日、永谷敬は、笠原さんを、流鏑馬の神事の中で、射殺してしまったんでしょうかね？」

と、十津川が、きいた。

「何回もいっているじゃないですか。ボクには、わかりませんよ。とにかく、犯人を、逮捕するのが、警察の仕事じゃありませんか？」

と、南条は、険しい表情で、いった。

「われわれは、こう考えているんですよ。今もいいましたように、あなたがた四人は、映画を作る資金が必要だった永谷礼一郎を賭けに誘い込んだ。そして、永谷礼一郎は、その賭けに負けて、自尊心が、ズタズタになった。そのために、自殺したんですよ。その仇《かたき》を討とうとして、息子の永谷敬が、あなたと南条さんに、賭けを申し込んだんじゃありませんか？　その賭けが、どんなものかは、わからないが、必ず、九月十六日の、流鏑馬の神事に、あなたか、笠原卓の、どちらかが、見物席に来ると、彼には、わかっていた。それで、笠原卓さんを、神事に使う鏑矢《かぶらや》で、射殺してしまったんですよ。そうじゃ、ありませんか？」

と、十津川は、いった。

「ボクは、何も知らん。笠原さんが、昨日、流鏑馬の神事を、見に行ったのだって、ボクは知らなかった」

と、南条は、いった。

「いいですか。まだ、永谷敬は、見つからないんですよ。そして、われわれは、永谷敬が、あなたも狙っていると思っている。このままでいけば、あなたも、永谷敬に、狙われて、殺される。だから、正直に、われわれに、全部話して、永谷敬の逮捕に、協力してくれませんか？」

と、十津川が、いった。

「何度もいいますがね。ボクは、何も知らないんですよ。永谷礼一郎さんと、賭けをしたこともないし、その息子の永谷敬さんと、賭けをしたこともないんです。これで終わり。帰ってください！」

と、南条は、急に、大声を出した。

7

永谷敬が乗っていた馬は、問題の切通しを出たあたりで、発見された。

また、その近くに、シルバーメタリックのスポーツカーが、昨日の夜から、停まっていたという証人も、現れた。県警は、切通しを抜けて逃げてきた、永谷敬が、そこで馬を捨て、スポーツカーで、逃亡したのではないかと見た。

その日の夜、県警の捜査本部で開かれた捜査会議に、十津川と亀井の二人も、参加した。

その席で、十津川は、今までの、事件について説明し、自分の考えを、県警本部長に話した。

「今回の事件は、流鏑馬の神事で、殺された笠原卓、それに、南条直道、他に、坂井京子、石川一也の合計四人が、金と暇にあかして、奇妙な賭けを、やっていたことに始まっています。彼らは、大金を賭け、相手の人間の尊厳を傷つけ、時には、自殺に追いやっています。四人は、それが楽しくてしょうがないと、感じていたのでしょう。何といっても、金を使って、人間の自尊心を、打ち砕くことくらい、面白いことはありませんからね。その延長線上で、去年、四人は、大作映画の制作資金に困っていた永谷礼一郎に、賭けを申し込んだのです。おそらく、四人は、自分たちが制作費を出そう、九月十六日の流鏑馬の神事で、永谷礼一郎が、すべての的を、射ることに成功すれば、その資金を無条件で出すと、申し込んだに、違いありません。そして、もし、一つでも、的を失敗すれば、永谷礼一郎が、自分の右手の小指を、切断する。そういう賭けだったと、われわれは思っています。その賭けに、永谷礼一郎は負け、右手の小指を、切断しました。そのため、彼は、刀を持っての演技が、できなくなり、それに失望して、アメリカで、自殺してしまったのです。息子の永谷敬は、そのカラクリを、おそらく、父親から、聞いていたんだと、思います。そして、彼は、父親の仇を討つことを、決意しました。そこで、父親が、流鏑馬《やぶさめ》の神事で失敗した、鏑矢を使って、坂井京子、石川一也の二人を殺し、そして、流鏑馬の神事で、射手が発する掛声、『陰陽』という文字を、死体のそばに、書き残したのです。その後、永谷敬は、残りの二人、笠原卓、南条直道の二人と、賭けをしたに、違いありません。どんな賭けだったかは、わかりませんが、だいたいの想像はつきます。笠原卓と南条直道の二人は、大金を賭ける。そして、永谷敬のほうは、自分の命を、賭けたんだと思っています。笠原卓たちが、賭けに勝って、永谷敬が死ねば、彼らは、もう安心です。だから、笠原卓と南条直道の二人は、その賭けに、応じました。そして、いよいよ、九月流鏑馬の神事の日に、なったのです。そして、事件が起きました」

「あの事件について、どう思っているのか、それをききたいね」

と、神奈川県警本部長が、十津川に、いった。

「去年の流鏑馬の神事で、永谷礼一郎は、第三の的を射ることに、失敗しました。しかし、誰に聞いても、永谷礼一郎が、第三の的を、はずしたことが、不思議だといっているのです。彼の腕を、もってすれば、第一、第二、第三の的を楽に射抜けたはずだというのです。しかし、失敗しました。おそらく、この失敗には、何かカラクリがある。息子の永谷敬は、そのカラクリに、気づいていたんだと思いますね。気づいていながら、笠原卓、南条直道の二人に、賭けを申し込んだんです。そして、永谷敬は、流鏑馬の神事に備えて、奇妙な練習を繰り返していました。それは、馬場の片側、走るほうの左手に、三つの的があるはずなのに、練習では、馬場の両方に、的を作って、そのうちの、反対側の的を、射るという練習をしていたんです。私が考えるに、そちらは、見物席のほうですが、当日になると、笠原卓か南条直道のどちらかが、その見物席に来ていて、エアガンを使って、永谷敬の、乗っている馬を撃つ手はずになっていたんだと思います。小さな弾丸ですが、鉛が入っているし、強力な改造が、行われていますので、その弾丸が、馬の体の、一部に当たれば、馬は、反射的に動きますから、乗っている射手は、的をはずしてしまうに違いありません。永谷敬は、一年前の流鏑馬の神事でも、同じことが行われたに違いないと、確信していたんでしょう。だから、当日も、必ず、笠原卓か、南条直道が、見物席にいて、馬を狙うと、確信していたんです。そこで、彼は、馬場の反対側にいる相手を、弓で射る練習を、繰り返していたんです。身体をひねるので、難しい動きになりますが、それを、永谷敬は、練習によって、克服したんだと思います。そして、昨日、彼は、笠原卓を、射殺した。今、彼は、逃げていますが、残る一人、南条直道も、殺すつもりだと、私は考えています」

と、十津川は、いった。

第七章　二つの遺書

1

永谷敬は、姿を消してしまった。彼が、乗っていたと思われる、シルバーメタリックのベンツのナンバーは、すぐに、わかった。

しかし、その車が、なかなか、見つからないのだ。

永谷敬は、馬は乗り捨てていったが、弓矢を持ち、独特の狩装束を、身につけていたはずなのだが、それにもかかわらず、彼の行方が、ようとして、わからないのである。

永谷敬を追う、捜査の途中で、十津川が、まず感じたのは、彼の父親である、永谷礼一郎のファンが、いかに、多いかということだった。鎌倉にも、何人かの、永谷礼一郎のファンが、住んでいた。

その中には、大企業の重役や、地元の運送会社の社長などもいて、その人たちが、礼一郎の息子である、永谷敬の逃走に、手を貸していることも、考えられた。

したがって、警察としては、永谷敬を追うのではなくて、偉大なる彼の父親、永谷礼一郎の影響力と、戦うことにもなってしまった。とはいえ、礼一郎のファンに、一人一人当たって、話を、聞くわけにもいかなかった。

「永谷礼一郎のファン一人一人に、息子の逃走に、手を、貸しませんでしたかと、きくわけにも、いきません」

と、十津川は、三上本部長に、いった。

「まさか、捜査がお手上げだというわけじゃないだろうね？」

と、三上が、きく。

「それはありません。永谷敬をかくまっている人間は、わかりませんが、彼の行く先は、わかっています。彼は、必ず、伊豆高原にある、南条の別荘に行くはずです」

と、十津川は、いった。

「君は、永谷敬が、南条直道を襲うと、思っているのかね？」

と、三上が、きいた。

「永谷敬は、最後の一人、南条直道を、殺そうとするに、違いありません」

と、十津川は、いった。

「それに対する手配は、してあるんだろうね？」

三上が、きいた。

「刑事四人を、南条直道の別荘に、向かわせていますし、静岡県警にも、話をしてあります」

と、十津川は、いった。

この後、十津川自身も、亀井と、伊豆に向かった。

伊豆高原の、南条直道の別荘の近くには、十津川たちの車や、静岡県警の車が、停まっていた。静岡県警のほうからは、覆面パトカー三台、それぞれに四人の刑事が、乗っていたから、十二名が、南条の別荘の警護に、当たることになっていた。

そして、十津川たち警視庁の八人の刑事も、それぞれ、覆面パトカーの中から、別荘の周囲を警戒した。

十津川は、先に着いていた、西本刑事に向かって、

「別荘の様子は、どうだ？」

と、きいた。

「さすがに、南条も、次は自分が、狙われると思ったんでしょう。別荘の中に、こもって出てきません」

と、西本が、いった。

「確か、あの別荘には、用心棒のような、若い男が一人と、美人のお手伝いさんが、いたはずだが」

と、十津川が、いった。

「その他に、南条は、若い男二人を、別荘に、住まわせています。おそらく、この二人も、用心棒でしょう」

と、西本が、いった。

「すると、あの別荘には」

と、十津川は、二階建ての別荘に、目をやって、

「現在、南条の他に、若い用心棒三人と、お手伝いさんがいるわけか？」

と、きいた。

「そうです。それに、セキュリティシステムを、前より多く、取り付けたようです」

と、日下刑事が、いった。

西本が、笑って、

「あまりにも多くのバリアを張りめぐらしてしまったため、昨夜は、野良猫が、侵入して、警報が鳴って、大騒ぎに、なりましたよ」

と、いった。

「それだけの用心と並んで、私たちと静岡県警が、あの別荘を警護しているんだから、これでは、誰も、あの別荘には、入り込めないいな」

と、十津川は、いった。

「これでも、永谷敬は、やって来るでしょうか？」

と、亀井が、きいた。

「必ずやって来る。あの若い男は、父親を、尊敬していて、父親の仇《かたき》を、討つつもりなんだ。そして、これまでに、父親を、死に追いやったと思われる、四人のうちの三人を、殺している。残った一人が、南条直道だから、永谷敬は、最後まで、やり通すと見たほうがいいだろう」

と、十津川は、いった。

しかし、依然として、その永谷敬の行方が、わからない。

十津川は、彼が現れるのを、待つ間、東京から持参した、二冊の本を、読むことにした。

「何の本ですか？」

と、亀井が、のぞき込むようにして、きいた。

「永谷礼一郎は、自分のことを、あまり書いていないんだが、随筆風の、二冊の本を、出版している。その二冊を、東京から、持ってきたんだよ」

と、十津川は、いった。

「それを読んで、何か、わかりますか？」

亀井が、きいた。

「事件の解決に、役に立つかどうかは、わからないが、なかなか、面白いよ。いかにも、永谷礼一郎らしい、文章でね」

と、十津川は、いった。

その片方は、「日本の侍として」と題され、もう一つは、「私の交遊録」という、タイトルだった。

十津川は、「私の交遊録」という本から、読み始めた。それには、永谷礼一郎の、豊かな交友関係が、書かれていた。

その広い交友の中には、日本人だけではなく、アメリカやフランスの映画人、あるいは、外国のファンのことも、書かれていた。

読み進んでいくうちに、ある文章に、十津川は、釘付《くぎづ》けになった。そこには、次のように書かれていた。

〈友人で、アメリカの映画俳優の、Sに招待されて、渡米した時のことである。

彼の別荘で、過ごしている時、急に、Sから、私の友人に会って欲しい、その友人は、あなたの熱烈なファンで、あなたに、会いたがっている、といわれた。

そして、彼の車で、連れて行かれたのが、何と、アメリカの、空軍基地である。

そこの司令官が、私のファンだというのである。何でも、Sも、第二次大戦中に、若い空軍パイロットだったことがあって、その時の友人だという。

私は、広い空軍基地の中を、司令官に、案内された。なかなか、楽しかった。が、この話には、後日談がある。

これは、あまり公に、できないことなのだが、私がその後、アメリカにいる時、急に、日本に、帰らなければならないことがあった。

しかし、運悪く、日本に向かう旅客機が、満席で切符が手に入らない。そのことを、聞きつけたらしく、その空軍基地の司令官が、私を、日本の基地に飛ぶ、アメリカ空軍のジェット機に、乗せてくれたのである。

そして、私は、無事に、日本に帰ることができたのだが、考えてみれば、これは、明らかに、密入国なのだ。

その時は、その空軍基地の司令官に、大いに感謝したものだが、今になってみると、法を犯したことになっていて、内心、忸怩《じくじ》たるものがある。

これは、私の懺悔《ざんげ》である〉

2

十津川は、亀井に、その部分を見せて、

「これ、どう思うね?」

と、きいた。

亀井も、その文章に、目を通してから、

「うらやましいですよ。亡くなった永谷礼一郎は、いろいろなところに、ファンがいたんですね」

と、微笑した。

「そういうことじゃなくて、この司令官の、行動だよ」

と、十津川は、いった。

「確かに、アメリカ人というのは、こういう、とっぴなことをしますが、アメリカ人らしいし、それに、いかに永谷礼一郎が、熱烈なファンを、持っていたかということで、ほほえましいじゃないですか。確かに、ここに書いてあるとおり、密入国に、なってしまいますが、それは、もう、昔のことでしょう?」

と、亀井が、いった。

「永谷礼一郎の、熱烈なファンだということはだね、このアメリカ空軍基地の司令官は、息子の永谷敬も、空軍機に乗せて、日本に運んだことだって、考えられるじゃないか?」

と、十津川は、いった。

「そうですね。そうなんだ」

と、亀井が、大きくうなずいて、

「確か、永谷敬は、殺人事件の一つについて、アリバイが、ありましたね。その時、彼はアメリカにいて、日本に、帰っていなかった。パスポート上では、出入国の記録が、ありませんでしたから。しかし、彼が、父親の熱烈なファンである、アメリカ空軍の司令官に頼んで、米軍機で、日本に密《ひそ》かに、帰ってきていたとすれば、このアリバイは、成立しないんだ。そういうことですね？」

「そうだよ。この司令官が、今でも、向こうの空軍基地で、司令官をやっていて、アメリカと日本の間を、飛んでいる米軍機に乗せたとすれば、永谷敬のアリバイは、消えてしまうんだ」

と、十津川は、いった。

「確かに、そうなりますね。それに、今からいくら調べても、密かに、アメリカ空軍の飛行機に永谷敬を、乗せたなんていう記録は、残っていないでしょうからね」

と、亀井は、いった。

これで、永谷敬の犯行が、いっそう、確実視されてきた。

東京で殺された石川一也、京都で殺された坂井京子、そして、鎌倉八幡の流鏑馬《やぶさめ》神事の時に、殺された笠原卓。

この三件の殺人について、永谷敬が、犯人であることは、まず、間違いなくなった。

しかし、永谷敬は、伊豆には、なかなか現れなかった。

神奈川県警は、引き続き、鎌倉周辺を、捜査してくれていたのだが、それでも、相変わらず、永谷敬の行方は、不明のままだった。

九月二十五日を過ぎても、永谷敬は、現れなかった。

3

静岡県警と十津川たちの間で、捜査会議がもたれた。

静岡県警の捜査責任者である、坂下警部が、

「今日で、南条直道の別荘を、警備して、九日になります。明日で、十日です。依然として、永谷敬と思われる男は、現れていません。それでも、十津川警部は、永谷敬が、必ず現れると、思っておられますか？」

と、きいた。

「必ず現れます。永谷敬は、父を死に追いやった、四人に復讐《ふくしゅう》するため、これまで、動いてきたのです。残った一人を、放っておくはずは、ありません」

と、十津川は、いった。

「しかしですね」

と、坂下が、いう。

「あの別荘の中には、用心棒と思われる男が、三人と、お手伝いがいるんですよ。警備会社に頼んで、設置した監視カメラや、赤外線を張りめぐらせたバリアが、ありま す。そのうえ、われわれもいます。こんなところに、永谷敬は、現れるでしょうか？もし現れて、あの別荘に、忍び込もうとすれば、たちまち、逮捕されてしまいますよ」

「それは、わかっています。しかし、必ず現れますよ。それ以外に、彼の目的は、ありませんから」

と、十津川は、いった。

「しかし、どうやって、永谷敬は、あの別荘に、侵入するんですか？　今もいったように、あの別荘には、隙間なく、バリアが張られていますし、われわれも、こうやって、警護しているんです。絶対に、入り込めませんよ。それとも、十津川さんは、永谷敬が、空の上から、あの別荘に、侵入するとでも、思っているんですか？」

と、坂下は、きいた。

「そうか、そうですね。空からの侵入も、考えられるんだ」

と、十津川は、いった。

永谷敬は、アメリカに行って、父親の永谷礼一郎が、飛行訓練をしたという、航空学校に通って、免許を取ったことが、確かめられている。

永谷敬は、この伊豆に来て、問題の別荘の警護が、厳しいことを知っただろう。とすると、どこかの、民間の飛行場に行って、そこで、セスナでも借りて、南条の別荘を、空から狙うことも、考えられないことでは、なかった。

「前に確か、若い男が、セスナに乗って、恨みを持つ会社社長の家に、突っ込んだことが、ありましたね」

と十津川はいい、すぐ、伊豆半島周辺の、民間の飛行場に手配をした。

そこには、いくつかの、小さな飛行機会社があって、セスナを、貸している。永谷敬が、それを、借りるかも知れない。その手配だった。

もし、永谷敬らしい男が、現れて、飛行機を借りたことが、わかったら、すぐに、こちらに知らせてくれるように、頼んだのである。

その間に、十津川は、永谷礼一郎の書いた二冊目の本を、読んでいた。

その中で、礼一郎は、自分について、こう書いている。

〈私は、無骨な生き方しか、できなかった。それを、ある人は、日本の侍のようだという。確かに、侍らしくはあるが、同時に、不器用な生き方でもある。

そのことで、私は、よく苦労をした。

息子の敬にも、私のそうした性格に、似ているところがあって、私には、それが、

〈心配である〉

十津川は、その言葉に、惹《ひ》かれるものを感じた。

永谷礼一郎は、自分を、無骨な生き方しかできなかったと、書いている。そして、損をしたとも、書いている。

しかし、その無骨さで、多くのファンができたに、違いなかった。

彼の熱烈なファンだという、アメリカの空軍基地の司令官にしても、礼一郎の、そうした、昔の侍のような、無骨な精神が、好きだったのだろう。

問題は、今、行方をくらましている、永谷敬のことだった。

父親の礼一郎は、自分に似て、無骨な性格だと、書いている。

だとすれば、永谷敬は、どんなに、南条直道の別荘の、警備が固くても、必ず、ここにやって来て、父親の仇《かたき》を、討とうとするに、違いなかった。

4

永谷敬の愛車である、シルバーメタリックのベンツが、小田原で、発見されたという報告が入った。小田原にも、永谷礼一郎の、熱烈なファンがいることは、わかっていた。

とすれば、すでに、永谷敬は、他の車に乗り換えているだろう。

しかし、その車が、どんな車なのかは、わからなかった。

地図の上から見れば、小田原は、鎌倉より伊豆に近い。その距離は、たいしたものではなかったが、十津川は、小田原で問題の車が発見されたことで、いよいよ永谷敬が、南条の別荘を、狙うことに、確信を持った。

すでに、永谷敬は、近くに来ているかも知れなかった。

「永谷敬は、今、どんな格好を、しているんでしょうかね？」

と、県警の坂下警部が、十津川に、いった。

「まさか、鎌倉の祭りの時のように、狩装束を着て、弓矢を持っているんじゃないでしょうね？」

と、笑いながら、いった。

「私も、それはないと、思いますよ。そんな格好をしていたら、目立って、しょうがないですからね」

と、十津川も、笑った。

しかし、なぜか、十津川の頭の中には、鎌倉の例大祭の時の、馬に乗って、狩装束を着て、弓に矢をつがえている、永谷敬の姿が浮かんでくる。

そのことを、十津川が、亀井に話すと、亀井は、うなずいて、

「私もなぜか、あの颯爽《さっそう》とした姿が、浮かんで、仕方がないんですよ」

と、いった。

「もちろん、今も、あの姿をしているとは、思えませんが」

九月が終わり、十月に入ったが、依然として、永谷敬の行方は、つかめなかった。

南条直道の別荘の周辺に、永谷敬と思われる男が現れたという報告も、なかった。

刑事たちが、南条の別荘の周辺に、張り込んでから、すでに、二週間以上が、経過している。刑事たちの間にも、少しずつ、苛立《いらだ》ちの空気が、生まれてきた。

何度目かの、合同捜査会議で、坂下警部が、

「永谷敬は、すでに、国外に、脱出してしまったのでは、ないでしょうか？」

と、十津川に、いった。

「どうして、そう思われるのですか？」

と、十津川が、きくと、

「すでに、二週間以上が、経過しています。その間、この周辺で、永谷敬と思われる人間を、見かけたという報告は皆無です。それに、もう一つ、もし、永谷敬が、十津川さんのいわれるように、南条直道を、狙っているとすれば、自分自身が、姿を現さなくても、あの別荘に、脅迫の電話をかけたり、手紙を送ったりするものでは、ないでしょうか？　しかし、そんな電話も、脅迫状も、来た様子がありません。というこ

とは、永谷敬は、父親を死に追いやった、四人のうちの三人を、すでに殺しており、その時点で、満足して、すでに、国外へ逃亡してしまっていると考えるほうが、適当じゃないかと、思うのですよ」

と、坂下警部が、いった。

「しかし、永谷敬が、国外に、脱出したという証拠は、ありませんよ」

と、十津川が、いった。

「しかしですね。十津川さんも、いっていたじゃありませんか？　アメリカにも、永谷礼一郎の、熱烈なファンがいて、彼を密《ひそ》かに、アメリカの空軍機で、アメリカから日本へ、送ったことがあると。とすれば、同じように、彼の息子も、アメリカの空軍機に、乗せてもらって、国外に脱出したことも、考えられるじゃないですか？」

と、坂下は、いった。

「確かに、その可能性は、あります。また、偽造パスポートを利用して、海外へ出た可能性も、ないわけじゃありません。しかし、私は、どうしても、永谷敬が、四人目の、南条直道を、見逃すとは考えられないんですよ」

「どうして、そう確信できるんですか？」

と、坂下が、きいた。

「永谷礼一郎は、エッセイの中で、自分のことを、無骨な生き方しか、できなかったと、書いています。そして、息子に対しても、自分と同じ性格だと、見ていたんです。私も、この見方は、間違っていないと思います。ですから、永谷敬も、無骨に、父親の仇を、討とうとするに違いないと、思っているんですよ」

と、十津川は、いった。

「しかしですね、十日前も、一週間前も、昨日も、永谷敬は、現れていませんよ。十津川さんは、今、彼が、どこで、何を考えていると、思っていらっしゃるんですか？」

と、坂下は、少し非難するような口調で、十津川に、いった。

「いつでも、永谷敬は、じっと、あの別荘を、狙っているに、違いないんです」

と、十津川は、自分にいいきかせるように、いった。

5

十月六日になった。

すでに、九月十六日の、鎌倉の例大祭で、笠原卓が、殺されてから、二十日が経過している。それなのに、依然として、永谷敬は、現れない。

そして、十月六日の夜を、迎えた。

どんよりと曇っているが、雨は降っていなかった。すでに、伊豆の周辺の山には、ススキが、穂を出し、温暖な伊豆にも、秋風が、吹き始めていた。

その夜も、十津川たちと、静岡県警の刑事たちは、別荘の周辺に展開して、別荘を監視していた。

二階建ての別荘には、灯《あか》りが点《つ》いていたが、ひっそりしている。

風が強くなってきた。

午前一時を回った時、突然、十津川の近くで西本刑事が、

「あッ」

と、小さな声を、上げた。

同時に、日下刑事も、

「あッ」

と、夜空を見上げて、声を上げた。

どんよりと曇った夜空を、火の玉が、飛んだのだ。

その火の玉は、大きく弧を描いて、目の前の、南条直道の別荘に、落下していった。

続いて、二つ目の火の玉が、別荘に向かって、飛んでいく。

たちまち、別荘の中で、火災が発生した。

鮮やかな火の玉は、次々に、夜空を引き裂くようにして、別荘に向かって、飛んで

いく。三つ、四つ、五つと、それは、一つの意志を持って、夜空に、弧を描いて飛び、目の前の別荘に、落下していく。

「火矢だ！」

と、亀井が、叫んだ。

それは、明らかに、矢の先端で、油が、激しく燃えているものだった。火の矢である。

それを別荘より高い、丘の上から、誰かが、次々に、別荘に向かって、飛ばしているのだ。

別荘の中では、慌てふためいた、住人たちが騒ぎ始めていた。必死になって、消火活動をしているらしいが、一向に、火は消えない。

おそらく、矢の先端に、油を染み込ませた布が、しっかりと巻きついていて、すぐには、消せないのだろう。けたたましく、警報が鳴っている。

「行くぞ！」

十津川が、叫んだ。

彼と亀井の乗った覆面パトカーが、エンジンをかけ、火矢の飛んできた、丘に向かって、走り出した。

その間も、燃える火矢は、次々に別荘に、射《う》ち込まれていく。別荘が火に包まれていった。黒煙が立ちのぼる。

十津川たちに続いて、県警のパトカーも、一斉に動き出した。

しかし、問題の山の上に、通じる道が、なかった。相手は、そういう場所を選んで、そこから、下の別荘に向かって、火矢を射っているに、違いなかった。

十津川たちは、途中から、車を捨てて走り出した。

道はない。

いや、道はあるのだろうが、暗い中で、その道を発見することは、できなかった。とにかく、しゃにむに、山を登っていく。

やっと、小高い山の頂上に、たどり着いた。

刑事たちが、懐中電灯で、周辺を照らす。

しかし、そこには、永谷敬の姿はなく、弓と矢が、散らばっているだけだった。

残された矢には、先端に、油を染み込ませた布が、固く巻きつけられていて、それに火をつけて、眼下の別荘に向かって、何本も、射ち込んだに、違いなかった。

そこに立って、十津川が、下を見ると、南条直道の別荘は、火と煙に包まれていた。

遠くから、消防車のサイレンが、聞こえてくる。

山の裏側には、狭い登山道が、あった。刑事たちは、その登山道を、下に向かって駆け下りていった。

しかし、その先にも、永谷敬の姿は、なかった。

おそらく、刑事たちが、山頂に着く前に、彼は、この坂道を、下りていって、そこに、停めておいた車で、逃走してしまったのだろう。

坂下警部が、その周辺に、非常線を、張ることになった。

「やられましたね」

と、亀井が、十津川に向かって、つぶやいた。

「確かに、やられたね」

と、十津川も、いった。

南条直道の別荘は、えんえんと燃え続けている。やっと、一台二台と、消防車が到着して、消火が、始まった。

十津川たちは、じっと、その消火作業を見つめた。

南条直道が、別荘から、逃げおおせたのか、それとも、燃えさかる炎の中に、まだいるのか、十津川にも、わからなかった。

6

一時間以上経って、やっと、炎は収まっていった。

その間に、別荘からは、お手伝い一人と、若い男二人が、逃げ出したことが、判明した。十津川は、その三人に、話を聞くことにした。

十津川が、いちばん知りたかったのは、南条直道のことだった。

それについて、お手伝いの女性は、

「確か、南条さんは、あの時間、お酒を飲んで、もう寝てしまっていたと、思います」

と、青い顔でいった。

二人の男は、それぞれ、

「南条さんは、あの時間なら、二階の寝室で、寝ていたと思いますよ」

と、いった。

「南条直道さんが、助かったという可能性は、どうなんだ？」

と、十津川は、二人に、きいた。

「わかりませんね。とにかく、突然、火事になったんです。私たちは、もちろん、南条さんを、助けようとしたんですが、気がついた時には、もう二階が、火の海に、なっていましてね。自分たちが、逃げ出すのが、精一杯でした」

と、二人は、いった。

どうやら、もう一人の男と南条直道は、あの炎の中から、逃げることが、できなかったらしい。

完全に鎮火したのは、夜が明けてからだった。

消防隊員と一緒に、十津川たちは、焼け跡に入っていった。

焼け跡には、強い灯油の臭いがした。それは、この別荘に、射ち込まれた何本もの矢に、灯油を、染み込ませた布が、巻きついていて、それに、火がつけられていたからだろう。

やがて、死体が二つ、発見された。二つとも、男の死体だった。

中年の男の死体は、完全に焼けただれていたが、その年齢から見て、南条直道と思われた。

もう一人の、若い男のほうは、それほど、焼け焦げてはいなかった。おそらく、用心棒の一人だろう。

生き残った若い用心棒の二人と、お手伝いの証言から、南条直道は、昨夜は、酔って、二階の寝室で、寝ていたと思われる。

鎌倉八幡の神事から、二十日も経って、警戒心が、薄くなっていたのだろう。そうでなければ、酒に酔って、眠ることはなかったに違いない。

二つの焼死体は、焼け跡から、運び出されて、司法解剖のため、大学病院に、送られた。

7

二日後の、十月八日の、午後になって、事件は急転直下、新しい局面を、迎えた。

伊豆高原から、二十キロ離れた山林の中で、永谷敬が、発見されたのである。

その時、永谷敬は、木の幹に、寄りかかるようにして、死んでいた。

あの祭りの時と、同じように、華やかな狩装束を着て、短刀で、昔の侍のように、割腹して、死んでいたのである。

その死体の前には、二通の遺書が、置かれていた。

一通は、〈息子の敬へ〉と表書きされた父親、永谷礼一郎の遺書であり、もう一通は、警察宛てに、書かれた、永谷敬本人の遺書だった。

十津川は、その遺書を、県警から渡されて、読むことが、できた。

十津川は、まず〈息子の敬へ〉と書かれた、永谷礼一郎の遺書に、眼を通した。

〈息子の敬へ。

たぶん、これが、父親としての、最後の手紙になるだろう。

私は今、アメリカに来ている。そして、二度と、日本に帰ることはないだろう。

私は、死を覚悟して、アメリカに来たが、いささか、迷っている。

それは、死が怖いということではなく、敬への手紙を、書くべきかどうか、それに、迷っているのだ。

私の一生は、俳優としての、一生だった。お陰で、それなりの、名声を得ることもできたし、多くの友人や、知人もできた。世界中に、ファンもできた。

しかし、そのために、私は、家内や、息子のお前に、ずいぶん、迷惑を、かけたと思っている。

私は、不器用だ。不器用だから、仕事と、家庭を上手《うま》く両立することができなくて、そのために迷惑を、かけてしまった。今になると、そのことが、悔やまれる。

それなのに、どうしても、私は、どちらかを取らなくては、ならない時に、仕事を取ってしまった。

今回の事件にしても、そんな、不器用な私の性格が、災いしたと、思っている。

これから書くことは、お前に、知らせたものかどうか、ずいぶん迷った。

しかし、私が死んだ後、たぶん、お前は、私の死について、疑いを持つだろう。

そして、悩むに、違いない。だから、その答えを、書いておかなければならない、そう思ったのだ。

私は、俳優としての名声を得た。

しかし、それほど、経済的には、恵まれていなかった。それは、お前も、薄々感じていただろう。

それにもかかわらず、私は、最後に、自分の手で、これこそ、時代劇だという映画を、作ってみたかった。昔からの友人の監督や、脚本家にも相談して、すでに、シナリオが、できていた。

ただ、それに、出資してくれる人間が、いなかった。昔の映画会社ならば、私の提案に、一も二もなく賛成して、資金を、出してくれたのだろうが、今は、世知辛《せちがら》くなって、そうはいかなくなっていた。

私は、どうにかして、スポンサーを、見つけたかった。

私の考えた映画には、最低、二十億円の資金がいる。そういう、大きな資金を、出してくれる人は、なかなか、見つからなかった。

そんな時、ある筋から、この映画に対して二十億円を、出資してもいいという人たちが、現れたのだ。

その人たちの名前は、坂井京子、石川一也、笠原卓、そして、南条直道の四人だ。

この人たちは、それぞれ、事業に成功して、大金を持っており、私の友人に向かって、日本を代表するような、映画になら、喜んで、投資をするといっていた、というのである。

私は、その話に、飛びついた。

何度も書くが、何としてでも、私は、日本を代表するような、時代劇を作りたかったのだ。

だから、この四人の人たちと、何回も、会った。

そして、四人の資産状況も、調べた。確かに、この人たちは、大金を持っていた。

ただ、彼らの評判は、あまり、いいものではなかった。

しかし、私は、何としてでも、映画を作りたかった。映画人の夢だからだ。その夢を実現したい。

だから、私は、この四人と話し合った。

彼らは、意外な提案を、私にしてきた。それは、賭《か》けを、しようというのである。

私はその時、鎌倉八幡の例大祭の、流鏑馬《やぶさめ》に出場することに、なっていた。それは、名誉ある仕事で、私もそのことを喜んでいた。

その流鏑馬に出場して、三本の矢を射ることに賭けようというのである。

もし、三つの的を、無事に射ることができたら、二十億円を、融資する。

しかし、一つでも、失敗したら、その時は、二十億円の融資は、できないし、そのうえ、賭けだから、右手の小指を、切断してもらうというのだ。

そんな、奇妙な賭けに、私は、びっくりした。確か、アメリカの小説にあったような、賭けだが、私は最初、その申し出を、一笑に付した。そんなおかしな、賭けは、できないと思ったからである。

しかし、時間が、経つにつれて、私は、やはり、何としてでも、二十億円の融資を受けて、念願の映画を作りたいという思いが強くなってきた。

そのうえ、私は、乗馬にも弓矢にも、自信があった。普通にやれば、三つの的を、全部射抜く自信があった。

だから、私は、その賭けに、応じることにした。不安は、まったくなかった。

何回も書くが、私は、乗馬にも弓にも、自信が、あったのだ。念のために、練習もしてみたが、一回も的をはずさなかった。

そして、九月十六日の、当日になった。

私は、三番目の射手として、流鏑馬に出場した。もちろん、その時も、自信は十分にあり、落ち着いてもいた。

神社から、お神酒《みき》をいただいて、馬に乗る。第一の的も、第二の的も、易々と、射抜くことができた。そして、私は、三番目の的に向かって、馬を走らせていった。

これで、二十億円の融資は、もう、決まったようなものだ。私は、そう思っていた。

そして、馬を走らせながら、弓に矢を、つがえた。その瞬間、馬が突然、小さく、跳ねたのだ。

それは、おそらく、見物人の誰も気づかなかったと思う。しかし、私には、はっきりとわかった。

馬の尻《しり》に、何か鋭いものが、命中したのだ。だから、馬が小さく跳ねたのだ。

瞬間、私は動揺した。しかし、すでに、馬は、的の近くまで、走ってきていた。

仕方なく、私は、弓を放った。

しかし、心の動揺のためか、それとも、馬が、小さく跳ねたからか、おそらく、その二つが、重なって、的を、はずしてしまったのだ。

私は、あの四人が、私との賭けに勝つために、小細工をしたに違いないと思った。

しかし、何の証拠もない。

それに、私は、結果的に、失敗し、賭けに負けたのだ。そのことについて、連中が、何かしたのだといえば、それは、いい訳になってしまう。

私の人生は、いい訳のない人生だった。

成功をした時も、失敗をした時も、私は、弁明しなかったし、自慢も、しなかった。

その生き方は、最後まで、貫きたかった。

ただ、二十億円の融資が、ダメになり、その後、映画会社の作った、時代劇に出演した時、気分が乗らず、賭けに負けたこともあり、刀が思うように振れず、無残な演技を、してしまった。周りの人たちは演技をほめてくれたが、自分の目はごまかせない。そのことが、私を打ちのめした。

私は、これ以上、晩節《ばんせつ》を、汚したくなかった。

人々に、惜しまれながら、死んでいきたいと、思った。

そして今、私は、アメリカにいる。

小指を、切っただけだが、私はもう、時代劇で、立ち回りはできない。

とすれば、私の人生は、もう終わったようなものだ。

だから、この手紙を書いた後、私は、アメリカで、死ぬことになるだろう。

それも、人々に、同情されるような死に方は、しない。私らしい死に方を、するつもりだ。

息子の敬に、最後に、書いておく。

私が、これを書いたのは、例の四人組に、恨みを持っているからではない。すべて、私の責任なのだ。

だから、お前が、あの四人について、父親の仇《かたき》を、討ちたいなどとは、思わないほうがいい。

できれば、私のことで、自分自身を傷つけないで欲しい。そのことだけを、祈っておく。

父・礼一郎より〉

8

十津川は、次に、永谷敬の遺書に、目を通した。

〈父の死を知った時、私は、事故だと、思った。

また、一方で、飛行機事故で死ぬとは、いかにも、父らしい死に方だと思った。父の友人たちも、同じように、思ったらしい。

しかし、その後、父が、アメリカから出した手紙を、私は、受け取った。そして、父の死の真相を、知ることになった。

私の小さい頃は、父に憧《あこが》れながら、同時に、父に、反発を覚えていた。

父の生き方は、あまりにも無骨で、短気で、一本調子で、遺書に、書いているように、仕事優先で、そのため、母は、苦労していた。

それを、知っていたから、私は父のような生き方を、したくなかったのだ。

だから、十代の後半に、父の友人のプロデューサーや、監督から、俳優にならないかと、いわれた時も、それを、強く断った。

それも、父と同じような、生き方を、したくなかったからである。

成人すると、自分の性格が、父に似ていることに、気づいていった。

父は、エッセイの中で、《私は、無骨な生き方しか、できなかった》と書いているが、私も、似たようなものなのだ。

一本気で、損得を、考えず、そのために、人に好かれもするが、同時に、人に迷惑も、かけている。そんなところが、父に、よく似ているのだ。

映画俳優にこそ、ならなかったが、父を超えようとして、父と同じように、身体を鍛え、馬術や柔道を習い、剣道も、習った。

そして、父の遺書を、受け取った後、私はすぐ、アメリカに、向かった。父の学んだ航空学校にも、行ったし、父の操縦するセスナが、激突したという山にも、行ってみた。

そして、ずっと、父のことを、考えていると、父が、あんなことで、死ななくてはならなかったことが、かわいそうになり、それがまた、父を、死に追いやった、四人の人間に対する怒りに、変わっていった。

父は、時代劇で、友人の仇を討つ、武士を演じたことがある。私は、アメリカを旅しながら、その映画のことを思い出していた。

父は、その時、日頃は、仲の悪かった友人だが、死んでみると、その友人が、無性に懐かしくなり、そして、脱藩してまで、その友人の仇を討つ、そんな、一本気な侍を、演じていた。

そのストーリーが、だんだん、父と私にダブって、思えてきたのである。

そのうち、私は、何としてでも、父の仇を討つ。それがまるで、自分の人生のように、思えてきた。

そしてまず、石川一也という男と、坂井京子という女を、父が、鎌倉八幡の流鏑馬《やぶさめ》の神事で、使っていた、鏑矢《かぶらや》で、殺した。

そして、これは、父の恨みを、晴らしたのだという証拠に、「陰陽」という文字を、メッセージとして残しておいた。

この犯行のために、私は、父がかつて、アメリカの空軍基地の司令官に、軍用機で、日本に運んでもらったことを、思い出し、その司令官に、会うことにした。

その司令官は、すでに、退役してしまっていたが、その空軍基地には、父のファンが、まだ何人もいて、私を空軍機で、沖縄の基地まで、運んでくれた。

私は、沖縄から、東京に戻り、アリバイを作って、父の仇を討った。

その後、私は、鎌倉八幡に行って、今年の例大祭の、流鏑馬の神事に出場したいと、申し出た。

去年、父が失敗したので、息子の私が、その汚名を、返上したい、ぜひ出場を許して欲しいと願うと、鎌倉八幡の責任者は、それを、許可してくれた。

その後、私は、笠原卓と南条直道の二人に、父が受けたのと同じ賭《か》けを、申し入れたのである。

私が勝った場合は、父親が、融資してもらうはずだった二十億円を、私の事業に、融資してもらう。しかし、失敗した場合は、父親と同じように、手の小指を、切断する。

もし、この賭けに応じなければ、私は、父の遺書を持って、警察に訴える、そういったのだ。そのうえ、父の仇を討つと脅した。

そうすると、笠原卓と南条直道の二人は、その賭けに、応じた。

私は、おそらく、この二人は、去年、父が失敗したような、トリックを、また使うだろうと思い、それが、父の仇を討つ、チャンスでもあると考えた。

そこで、私は、父が、よく行っていた馬術連盟に行って、馬を走らせながら、的を射る練習と同時に、私の馬を狙うであろう人間を、射殺する訓練もした。

そして、九月十六日の、例大祭の日になった。

笠原卓か、南条直道の、どちらかが、馬場に来ていて、父にしたのと、同じように、エアガンか何かで、私の乗る馬を、狙うに違いない。私は、そう考えていた。

私は、一の的、二の的と射抜いた後、馬を走らせながら、用心深く、見物席を見回した。

その目に、笠原卓の姿が、映ってきた。彼は、何かを、手に持っていた。何かわからないが、それは、たぶん、エアガンだろう、そう思った。

私は、三の的を、狙うふりをしながら、馬を走らせていき、笠原卓が、近づいてから、いきなり、彼をめがけて、矢を放った。

悲鳴が、聞こえたから、おそらく、当たったのだろう。私は、そのまま、馬場を、駆け抜けて、鎌倉八幡の外に馬を走らせていった。

私は、その後で、笠原卓が、死んだことを知った。そして、私が考えていたとおり、彼の死体のそばに、エアガンが落ちていたことも、知った。

後は、最後の一人、南条直道を、殺すだけである。

正直にいうと、私は、四番目の殺人については、自信がなかった。

金のある南条直道は、必死になって、自分を守ろうとするだろうし、警察も、私を逮捕しようとして、走り回るだろうと思ったからである。

しかし、何とか、最後の一人も、殺すことができた。今は、思い残すことは何もない。

私は、腹を切って死ぬ。

父が憧れた、日本の侍のように、儀式に、のっとってである。

最後に、できれば、私の墓は、父の墓のそばに、建てて欲しい。それだけを、お願いしたい〉

9

犯人死亡のまま、事件は、解決した。

この事件について、新聞や、週刊誌が、いろいろと書いた。十津川も、記者たちに、いろいろときかれたが、何も、答えなかった。答えないことが、死んだ永谷親子のために、なるだろうと思ったからである。

本作品はフィクションです。実在のいかなる組織、個人とも、一切関わりのないことを付記します。（編集部）

本書は二〇〇六年九月、文春文庫より刊行されました。

鎌倉《かまくら》・流鏑馬《やぶさめ》神事《しんじ》の殺人《さつじん》

西《にし》村《むら》京《きょう》太《た》郎《ろう》

令和元年 5月25日　初版発行

発行者●郡司 聡

発行●株式会社KADOKAWA
〒102-8177　東京都千代田区富士見2-13-3
電話　0570-002-301（ナビダイヤル）

角川文庫 21617

印刷所●株式会社暁印刷
製本所●株式会社ビルディング・ブックセンター

表紙画●和田三造

◎本書の無断複製（コピー、スキャン、デジタル化等）並びに無断複製物の譲渡および配信は、著作権法上での例外を除き禁じられています。また、本書を代行業者などの第三者に依頼して複製する行為は、たとえ個人や家庭内での利用であっても一切認められておりません。
◎定価はカバーに表示してあります。
◎KADOKAWA　カスタマーサポート
［電話］0570-002-301（土日祝日を除く 11 時～13 時、14 時～17 時）
［WEB］https://www.kadokawa.co.jp/（「お問い合わせ」へお進みください）
※製造不良品につきましては上記窓口にて承ります。
※記述・収録内容を超えるご質問にはお答えできない場合があります。
※サポートは日本国内に限らせていただきます。

©Kyotaro Nishimura 2004, 2006　Printed in Japan
ISBN 978-4-04-108172-3　C0193

角川文庫発刊に際して

角川源義

第二次世界大戦の敗北は、軍事力の敗北であった以上に、私たちの若い文化力の敗退であった。私たちの文化が戦争に対して如何に無力であり、単なるあだ花に過ぎなかったかを、私たちは身を以て体験し痛感した。西洋近代文化の摂取にとって、明治以後八十年の歳月は決して短かすぎたとは言えない。にもかかわらず、近代文化の伝統を確立し、自由な批判と柔軟な良識に富む文化層として自らを形成することに私たちは失敗して来た。そしてこれは、各層への文化の普及滲透を任務とする出版人の責任でもあった。

一九四五年以来、私たちは再び振出しに戻り、第一歩から踏み出すことを余儀なくされた。これは大きな不幸ではあるが、反面、これまでの混沌・未熟・歪曲の中にあった我が国の文化に秩序と確たる基礎を齎らすためには絶好の機会でもある。角川書店は、このような祖国の文化的危機にあたり、微力をも顧みず再建の礎石たるべき抱負と決意とをもって出発したが、ここに創立以来の念願を果すべく角川文庫を発刊する。これまで刊行されたあらゆる全集叢書文庫類の長所と短所とを検討し、古今東西の不朽の典籍を、良心的編集のもとに、廉価に、そして書架にふさわしい美本として、多くのひとびとに提供しようとする。しかし私たちは徒らに百科全書的な知識のジレッタントを作ることを目的とせず、あくまで祖国の文化に秩序と再建への道を示し、この文庫を角川書店の栄ある事業として、今後永久に継続発展せしめ、学芸と教養との殿堂として大成せんことを期したい。多くの読書子の愛情ある忠言と支持とによって、この希望と抱負とを完遂せしめられんことを願う。

一九四九年五月三日

十津川警部、湯河原に事件です

Nishimura Kyotaro Museum

西村京太郎記念館

1階 茶房にしむら

サイン入りカップをお持ち帰りできる京太郎コーヒーや、ケーキ、軽食がございます。

2階 展示ルーム

見る、聞く、感じるミステリー劇場。小説を飛び出した三次元の最新作で、西村京太郎の新たな魅力を徹底解明!!

■入館料　ドリンク付820円（一般）・310円（中・高・大学生）・100円（小学生）
■開館時間　AM 9：00 ～ PM 4：00（見学は PM 4：30 迄）
■休館日　毎週水曜日（水曜日が休日となるときはその翌日）

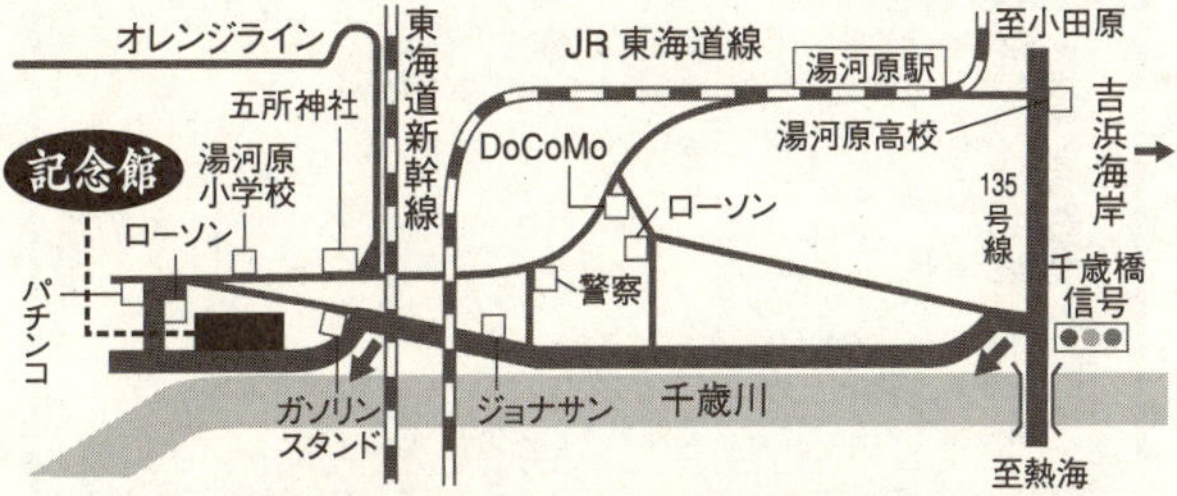

◆交通のご案内◆

・国道135号線の千歳橋信号を曲がり千歳川沿いを走って頂き、途中の新幹線の線路下もくぐり抜けて、ひたすら川沿いを走って頂くと右側に記念館が見えます。
・湯河原駅よりタクシーではワンメーターです。
・湯河原駅改札口すぐ前のバスに乗り［湯河原小学校前］（170円）で下車し、バス停からバスと同じ方向へ歩くとパチンコ店があり、パチンコ店の立体駐車場を通って川沿いの道路に出たら川を下るように歩いて頂くと記念館が見えます。

〒259-0314　神奈川県湯河原町宮上42-29
TEL：0465-63-1599　FAX：0465-63-1602

西村京太郎ファンクラブ FAN CLUB

――会員特典（年会費2200円）――

●オリジナル会員証の発行
●西村京太郎記念館の入場料半額
●年2回の会報誌の発行（4月、10月発行、情報満載です）
●抽選、各種イベントへの参加（先生との楽しい企画考案中です）
●新刊、記念館展示物変更等のハガキでのお知らせ（不定期）
●ほか、追加予定！

――入会のご案内――

●郵便局に備え付けの郵便振替払込書にて、年会費2200円をお振り込みください。

口座番号　00230-8-17343
加入者名　西村京太郎事務局
※払込取扱票の通信欄に以下の項目をご記入ください。

①氏名（フリガナ）
②郵便番号（必ず7桁でご記入ください）
③住所（フリガナ・必ず都道府県からご記入ください）
④生年月日（19××年××月××日）
⑤年齢
⑥性別
⑦電話番号

●受領証は大切に保管してください。
●会員の登録には振り込みから約1ヵ月ほどかかります。
●特典等の発送は会員登録完了後になります。

お問い合わせ

西村京太郎記念館事務局　TEL 0465-63-1599

※お申し込みは郵便振替払込書のみとします。
メール、電話での受け付けは一切いたしません。

角川文庫ベストセラー

恐怖の金曜日　西村京太郎

金曜日の深夜、2週続けて若い女性の殺人事件が発生した。十津川警部指揮の下、各刑事は必死の捜査を開始する。そんな捜査本部へ、犯人からの殺人予告状が舞い込む。姿なき犯人の正体とは……長編サスペンス。

怖ろしい夜　西村京太郎

恋人が何者かに殺され、殺人犯の容疑をきせられたサラリーマンの秋山。事件の裏には意外な事実が！（「夜の追跡者」）。妖しい夜、寂しい夜、暗い夜。様々な顔を持つ夜をテーマにしたオリジナル短編集。

夜ごと死の匂いが　西村京太郎

夏の暑い夜、若い女性だけを狙う連続殺人事件が起こるが、被害者の共通項がみつからず、捜査は難航した。そしてまた暑い夜を迎える……十津川と亀井の名コンビの推理が冴えるサスペンス・ミステリ。

木曾街道殺意の旅　西村京太郎

捜査一課の名物刑事といわれた奥田が退職後、木曾の宿場町で失踪。十津川警部のもとに、実在しない奥田の娘から捜索願の手紙が届く。事件の概要すらつかめない十津川は謎の出口を求め、山深い木曾路を辿る。

ワイドビュー南紀殺人事件　西村京太郎

十津川警部の部下・三田村は、殺人罪で服役中の父親を持つ娘・久美を愛してしまった。複雑な思いを抱いて旅に出た二人は、彼女の故郷南紀で殺人事件に遭遇する。広域殺人の壁に挑む十津川警部の苦悩と決断！

角川文庫ベストセラー

十津川警部　雪と戦う　西村京太郎

伊豆の旧天城トンネルが爆破され、湯沢のスキー場でゴンドラが爆発した。一連の事件を大型犯罪の〝予行演習〟と推理した十津川警部。湯沢に急行した彼を待っていたのは、JRと道路公団に届いた脅迫状だった。

伊豆　下賀茂で死んだ女　西村京太郎

伊豆下賀茂のテニスコートで、美人プロテニス選手の殴殺死体が発見された。直後、コーチ、大会スポンサー社長と連続して惨殺され、そのすべての現場には何故か「メロン最中」が残されていた……。

城崎にて、殺人　西村京太郎

城崎温泉を訪れていた宝石外商員が殺害された。十津川警部は、この事件に巻き込まれたかつての先輩・岡田とともに事件の謎を追うが、その後も次々と殺人事件が起きてしまい。傑作トラベル・ミステリ！

南九州殺人迷路　西村京太郎

桜島行きフェリーの上で、鹿児島選出の代議士秘書が刺殺された。容疑者は何と十津川警部の部下・西本刑事の見合い相手だった！　そして2日後には指宿でも新たな殺人が……恐るべき陰謀の正体とは？

伊勢志摩殺意の旅　西村京太郎

地下鉄車内で男が刺殺された。彼は謎の言葉を残していた。身元は不明だが、派出所で「警察の元締めはどこか」と尋ねていたこと、伊勢名物・赤福餅を持っていたことが判明。十津川は伊勢へ飛ぶ。

角川文庫ベストセラー

十津川警部「告発」　西村京太郎

十津川警部の旧友・原口が雲仙で死体として発見された。彼は生前、何かにひどく怯えていたという。十津川は原口の勤めていた会社・メディアX社に赴く。捜査が進むにつれ、その会社のきな臭い噂が耳に届き。

愛と復讐の桃源郷　西村京太郎

自殺の名所、青木ヶ原樹海。富士五湖のひとつ、西湖のほとりの旅館に遺書を残して男が消えた。それから一年、殺人事件が相次いで発生する。二転三転する十津川警部たちの推理の先には、驚くべき真相が！

十津川警部「記憶」　西村京太郎

東京郊外で発生した若手カメラマン誘拐事件。しかし犯人からの要求はなく、3日後にカメラマンは保護された。十津川警部率いる捜査一課が事件を担当するが、事態は意外な展開に……。

イヴが死んだ夜　西村京太郎

氷雨の浅草寺境内で若い女性の全裸死体が発見された。太股には、上品な顔立ちとは不釣り合いなバラの刺青が彫られていた。十津川警部が、ある女性の空白の3年間を追う、迫真のサスペンス大作！

湖西線12×4の謎　西村京太郎

マンションの一室で発見された身元不明の死体。その部屋に残された〈KOKOKU　12×4〉という謎のメッセージ。十津川警部率いる捜査一課が捜査に乗り出すが、さらなる事件が発生し……。

角川文庫ベストセラー

十津川警部「幻覚」　西村京太郎

実業家の中山は謎めいた脅迫電話に悩まされていた。全く身に覚えのない中山だったが、脅迫電話をかけていたと思しき女性が新宿で死体となって発見され……事件の裏に隠された恐るべき陰謀とは？

十津川警部「狂気」　西村京太郎

東京月島に建設中の高層マンションに、若い女性の全裸死体が吊り下げられた。そして10日後、第2の宙づり死体が発見される。30年前の事件との関連を疑う十津川警部が、時代を隔てた連続猟奇殺人に挑む！

真夜中の構図　西村京太郎

参議院議員・太田垣に入閣のチャンスが巡ってきた時、連続殺人事件の容疑者に仕立て上げられた秘書の早川。仕組まれた事件の裏にはいったい何が？　十津川警部が、謎の事件に挑む。長編傑作ミステリー。

能登・キリコの唄　西村京太郎

東京で銀行強盗が発生。現場にいた青年の活躍により強盗は逮捕される。勇敢な青年・栗原太郎はマスコミの寵児となるが、取調べで強盗たちが「彼も共犯だった」と証言し始め、やがて栗原も姿を消してしまう……。

愛と殺意の津軽三味線　西村京太郎

都内で陰惨な連続殺人事件が発生。犯行時の現場からはいずれも津軽三味線の調べが聞こえていたが、被害者に共通点が見つからず捜査は難航する。十津川警部は唯一の手掛かりである津軽へ飛んだ。

角川文庫ベストセラー

急行アルプス殺人事件　西村京太郎

坂口刑事は急行「アルプス」で移動中、車の炎上を目撃する。乗務員と協力して車中の女性を助け出すが、女性は間もなく死亡。やがて乗務員が殺されていき……十津川の推理が冴える傑作鉄道ミステリ集！

殺人者は西に向かう　西村京太郎

身寄りのない老人が亡くなった際、有料で遺品を回収する遺品整理会社。その従業員が死体で発見された。十津川警部が遺品の主の身辺を洗うと、岡山で殺人が起こっていたことがわかる。そして第3の殺人が。

仙台青葉の殺意　西村京太郎

仙台で病死した食品会社の社長・田中の手帳になぜか十津川の名が残されていた。手帳を巡って繰り返される殺人事件。事件の脚本を書いたのは誰か？　厚いヴェールに覆われた真相に、十津川警部の推理が迫る！

特急「ゆうづる3号」の証言　西村京太郎

一人旅を楽しんでいた三浦あや子は田沢湖で青年実業家・田代の車に拾われる。しかし、車中で乱暴されてしまう。そのとき傍らの線路を特急「ゆうづる3号」が通過した……。鉄道ミステリー集！

死のスケジュール　天城峠　西村京太郎

マンションのベランダから転落死した男。彼の身元を調べると、総理大臣・安達の秘書だということが判明した。十津川警部が捜査を開始すると、安達首相暗殺計画の情報がもたらされ……。長編ミステリ！

角川文庫ベストセラー

京都駅0番ホームの危険な乗客たち　西村京太郎

出雲神々の殺人　西村京太郎

十津川警部捜査行
北海道殺人ガイド　西村京太郎

無縁社会からの脱出
北へ帰る列車　西村京太郎

十津川警部「目撃」　西村京太郎

交通事故で死亡した女性の財布に残されていた新聞広告の切り抜き。十津川警部はこの切り抜きに隠された犯行計画を推理する。一方、京都駅の0番ホームには、広告を目にした残りのメンバーが集結し始め……。

「これは神々の殺人の始まりだ」連続殺人の刺殺体の上には奇妙なメモが残されていた。十津川警部はメモを手がかりに出雲へ。そして無人島・祝島に辿り着き、島の神主の息子を容疑者と特定するが……。

函館本線の線路脇で、元刑事の川島が絞殺死体となって発見された。川島を尊敬していた十津川警部は、地道な捜査の末に容疑者を特定する。しかし、その容疑者には完璧なアリバイがあり……!?　傑作短編集。

多摩川土手に立つ長屋で、老人の死体が発見される。無縁死かと思われた被害者だったが、一千万円以上の預金を残していた。生前残していた写真を手がかりに、十津川警部が事件の真実に迫る。長編ミステリ。

東京の高級マンションと富山のトロッコ電車で、いずれも青酸を使った殺人事件が起こった。事件の被害者に共通するものは何か？　捜査の指揮を執る十津川警部は、事件の背後に政財界の大物の存在を知る。

角川文庫ベストセラー

中央線に乗っていた男　西村京太郎

鑑識技官・新見格の趣味は、通勤電車で乗客を観察しスケッチすること。四谷の画廊で開催された個展を十津川警部が訪れると、新見から妙な女性客が訪れたことを聞かされる——十津川警部シリーズ人気短編集。

殺人偏差値70　西村京太郎

大学入試の当日、木村が目覚めると試験開始の20分前。どう考えても間に合わないと悟った木村は、大学に「爆破予告」電話をかける。まんまと試験開始時刻を遅らせることに成功したが……。他7編収録。

東京ミステリー　西村京太郎

江戸川区内の交番に勤める山中は、地元住民5人と一緒に箱根の別荘を購入することに。しかし別荘に移ったしばらく後、メンバーの1人が行方不明になってしまう。さらに第2の失踪者が——。

十津川警部　神話の里殺人事件　西村京太郎

N銀行の元監査役が「神話の里で人を殺した」と遺書を残して自殺した。捜査を開始した十津川警部は、遺書に書かれた事件を追うことに……日本各地にある神話の里は特定できるのか。十津川シリーズ長編。

十津川警部　三河恋唄　西村京太郎

左腕を撃たれた衝撃で、記憶を失ってしまった吉良義久。自分の記憶を取り戻すために、書きかけていた小説の舞台の三河に旅立つ。十津川警部も狙撃犯の手がかりを求め亀井とともに現地へ向かう。

角川文庫ベストセラー

Mの秘密　東京・京都五一三・六キロの間　西村京太郎

作家の吉田は武蔵野の古い洋館を購入した。売り主の母は終戦直後、吉田茂がマッカーサーの下に送り込んだスパイだったという噂を聞く。そして不動産会社の社員が殺害され……十津川が辿り着いた真相とは？

十津川警部　捜査行　みちのく事件簿　西村京太郎

一人旅をしていた警視庁の刑事・酒井は同宿の女性にふとしたきっかけで誘われて一緒に露天風呂に入った。翌々朝、その女性が露天風呂で死体となって発見され……「死体は潮風に吹かれて」他、4編収録。

哀切の小海線　西村京太郎

東京の府中刑務所から、1週間後に刑期満了で出所するはずだった受刑者が脱走。十津川警部が、男が逮捕されるにいたった7年前の事件を調べ直してみると、原発用地買収問題にぶちあたり……。

青森わが愛　西村京太郎

警視庁捜査一課の日下は、刑事であることを明かさずに書道教室に通っていた。しかし十津川警部から電話が入ったことにより職業がばれてしまう。すると過剰な反応を書道家が示して……表題作ほか全5編収録。

殺人へのミニ・トリップ　西村京太郎

古賀は恋人と共に、サロンエクスプレス「踊り子」に乗車した。景色を楽しんでいる時、カメラを忘れたことに気付き部屋へ戻ると、そこには女の死体があり……表題作ほか3編を収録。十津川警部シリーズ短編集。